KB136331

....

INSPIRATION

....

작가노트

김 인

뒤샹이 그랬듯 내가 원하는 것도 월세를 내고, 식비를 대고, 여가 시간을 자유롭게 즐길 수 있는 작고 조용한 직업이다. 사루비아 다방에서 차를 만들고 틈틈이 글을 쓴다. 둘 다 작고 조용한 직업이다. 월세를 내고, 식비를 대지만, 여가 시간을 자유롭게 즐기진 못 해 여전히 고군분투 중이다.《차의 기분》을 썼다.

사루비아 다방

크라프트 블렌드 티 컴퍼니. 계절을 담은 순하고 신선한 블렌딩 차를 만든다. 서촌에서 시작해 현재 연희동에 자리하고 있다.

고유한 순간들

사루비아 다방 티 블렌더 노트

김인 지음

오후의소묘

장인들은 모두 시인이건만,
이제는 시인으로 불리지 않으며 다른 이름들이 생겼다.

―플라톤

프 롤 로 그

티 블렌더는 어쩐지 중세 장인의 일처럼 여겨진다. 일과 기도가 다르지 않은, 소설이나 영화에서 본 그 괴팍한 장인 말이다.

내 작업실엔 세월에 마모돼 삐걱거리는 티크재 작업대가 없다. 닳고 닳아서 대리석처럼 반들거리는 강황을 빻는 돌절구도, 덩굴 문양이 세공된 낡은 천칭저울이나 독성을 감별하는 은스푼, 게으름을 경고하는 커다란 괘종시계나 그 흔한 기름등잔조차 없다. 대신에 내 작업실은 하얀 것 투성이다. 하얀 벽과 하얀 형광등, 하얀 칸막이, 하얀 작업대와 하얀 습도계, 하얀 행주, 하얀 위생장갑과 하얀 모자, 하얀 마스크 등등. 굳이 소독을 하지 않아도 포르말린 냄새가 진동하는 듯하다. 이런 작업실에선 상상력이 발휘되기 어렵다. 손과 발도 하얀 것에 얼어붙었다.

나의 작업실엔 변화가 필요하다. 어디서부터 손을 대야하나. 어떻게 해야 저 하얗게 경직된 작업실에 중세 장인의 진실을 향한 열망과 한밤의 탄식, 사물에 대한 믿음 따위를 불어넣을 수 있나. 나는 용기를 내어 빨간 줄무늬 망토를 입은 토끼 인형을 내 작업실을 지키는 근위병에 임명하기로 한다. 작업실의 규율과 원칙을 관장하는 태엽을 감는 탁상시계도 선반 중앙에 올려놓기로 한다. 또 턱을 괴고서 나의 전부를 응시하고 있는 앤디 워홀Andy Warhol의 사진도 경애의 마음을 담아 벽에 붙여 놓기로 한다.

이제야 안심이다. 나는 희망에 차 있다. 이번에야말로 굉장한 차를 만들 수도 있으리라.

다 시 시 작

차에선 풀 향이 났다. 그것은 당연했다. 그런데 꽃과 과일 향도 났다. 갓 구운 빵 냄새만큼이나 식욕을 돋우는 기름진 흙과 숙성된 고엽들, 신성한 숲에서 자생하는 각종 지의류와 버섯류, 심지어 아기의 배냇냄새도 났다.

나는 차를 마시고서야 비로소 식물을 알게 됐다. 이곳이 식물의 행성이라는 것도 알게 됐고, 식물이야말로 내가 상속받은 가장 위대한 유산이라는 것도 알게 됐다. 나는 식물의 아이였다. 허락 없이 나무를 탔고, 그것의 과실을 마음껏 따 먹었으며, 가지와 꽃도 예사로 부러뜨렸다. 나는 식물의 보호와 너그러움 속에서 이만큼 성장했다.

차는 잊고 있었던 기억을 되살려줬다. 영영 의식의 표면 위로 떠오르지 않기를 바랐던 기억도 있었지만, 차를 마시면 그런 기억마저도 견딜 만한 것이 됐다. 향미가 끼친 영향이었을까. 향미는 내게 고통이나 상처보다 비틀거리던 뒷모습이나 어깨의 윤곽, 감청색 하늘, 구름의 모양 따위를 살피게 했다. 기억에 향미를 부여했다. 깊고 어두울수록 더 많은, 다채로운 향미가 필요했다.

　맛보지 않은 차가 많았다. 만들고 싶은 차가 생겼다. 그렇게 시작했다.

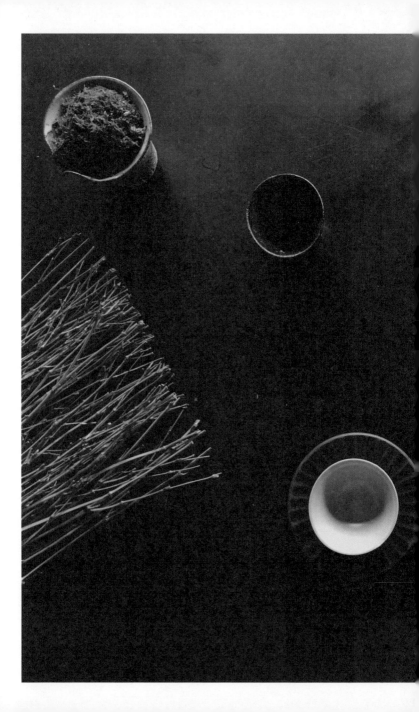

일러두기

⚜ 맞춤법과 외래어 표기는 현행 규정과 국립국어원의 《표준국어대사전》을 따랐지만 일부 관례로 굳어진 것은 예외로 두었습니다.

⚜ 책은 《 》, 시, 음악, 회화 등의 작품은 〈 〉로 묶었습니다.

차례

～

그때 그는 등을 나무에 기댔다. 나무는 그의 감각을 훈련시켰다.
그는 나무가 흔들리기 시작할 때 호흡을 가다듬고,
뒤로 휘청거릴 때 숨을 내쉬는 법을 나무와 더불어 배웠다.

— 발터 벤야민

1부

티블렌더입니다

향미는 소리도 없이

향 미 는 소 리 도 없 이

창업 초기엔 되는 일보다 안되는 일이 많았다. 안될 만한 일은 반드시 안되었고, 될 만한 일도 안되기 일쑤였다. 매일 잠을 설쳤다. 매일 같은 꿈을 꿨다.

시인 칼 크롤로브Karl Krolow는 연인이 없는 밤에는 왼쪽으로 눕든 오른쪽으로 눕든 마찬가지라는 시를 썼다. 희망이 없는 밤에도 그랬다. 서서도 뒤척였다. 시간은 무한했다. 낮과 밤의 분별이 무의미해졌다. 어차피 우주는 팽창한다. 언젠가 태양계도 소멸한다. 누워서 천장을 보며 인류의 최후를 상상하곤 했다. 그러곤 사무실에 틀어박혀 차만 마셨다. 하루는 이 차를 마셨다. 하루는 저 차를 마셨다. 버린 차가 많았다. 유통기한이 지난 차들이었다. 아까워서 마셨고 속이 쓰려 마셨다. 내 피와 살 같은 차들이었다. 여전히 마실 만한 차들이었다. 어째서 내 차는 팔리지 않는 걸까? 질문이 떠올랐다. 어째서 남들 차는 잘 팔리는 걸까? 질문이 이어졌다. 세상이 원하는 차는 어떤 차일까? 차가 잘 팔렸다면 묻지 않았을 질문들이 꼬리를 물고 이어졌다.

닥치는 대로 차를 마셨다. 또 그렇게 외서든 국내서든 책들을 뒤적였다. 그래도 시간이 남아돌았다. 어차피 우주는 팽창한다. 언젠가 태양계도 소멸한다. 나는 한 그루의 사과나무를 심는 심정으로 향미를 직접 조합해 보기로 했다. 그리고 머지않아 의외의 사실을 발견했다. 내가 차에 대해 쥐뿔도 모른다는 사실이었다. 자신을 안다는 것이 이렇게나 힘들다. 향미에 집착했다. 책들이 쌓여 갔다. 사무실은 난장판이 돼갔다. 내 꼴도 그렇게 돼갔다. 엔트로피는 증가한다. 돌이킬 수 없다. 무지하고 순수했던 세계로는 영영 돌아갈 수 없다. 저기 구석에 광기에 빠진 실패한 발명가가 웅크리고 있다. 시간은 흘렀다. 그런 줄 몰랐지만 시간은 흘러야 했다. 향미가 찾아왔다. 예고도 없이, 문을 두드리지도 않고, 천둥과 번개도 치지 않고, "유레카!" 하고 외칠 만한 찰나의 환희나 격정도 없이 싱겁게 찾아왔다.

향미는 도처에 있었다. 벽지의 기하학적인 패턴에도 있었고 늘어진 옷가지에도 있었다. 머릿속에서 향미가 그려졌다. 만들고 싶은 향미가, 마시고 싶은 향미가 애써 찾지 않았는데도 저절로 그려졌다. 지난날의 나는 보는 것과 듣는 것, 만지는 것에만 만족했다. 충분한 삶이 아니었다. 다빈치의 미완의 걸작 〈동방박사의 경배〉가 바로 코앞에 있었는데도 나는 그것을 보기만 했다. 글렌 굴드Glenn Gould가 치는 〈푸가의 기법〉을 듣기만 했다. 형태와 질료, 양식이 다른 찻잔들을 보거나 만지기만 했다.

내가 알게 된 것은 이것이다. 향미라는 것이 성분이나 분자의 결합만이 아니라는 것. 향미는 이미지들의 결합이고 기억과 시간들의 콜라주였다. 쓰지만 달콤했고 쓸쓸한 것과 그렇지 않은 것들이 눈부시게 중첩됐다. 나는 그것들을 표현하고 싶어 조바심을 냈다.

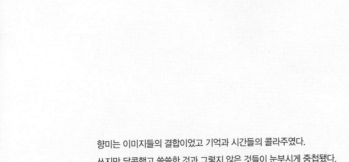

향미는 이미지들의 결합이었고 기억과 시간들의 콜라주였다.
쓰지만 달콤했고 쓸쓸한 것과 그렇지 않은 것들이 눈부시게 중첩됐다.
나는 그것들을 표현하고 싶어 조바심을 냈다.

티 블렌더입니다

그렇게 티 블렌더가 되었지만 알아주는 사람은 없었다. 축하해 주거나 기뻐해 주는 사람이 없었다. 티 블렌더가 뭘하는 직업인지 아는 사람이 드물었다. 누군가 직업을 물어온다. 자영업자라고 대답한다. 그러면 깔끔했다. 형식상물은 것인데 티 블렌더라 대답하면 상황이 복잡해졌다. 쓸데없이 산만해졌다. 직업에 대해 때마다 구구절절 설명하는 건 구차한 일이기도 했다. 누구도 정원사라고 하면 뭘하는 직업인지 거듭해서 묻지 않는다.

하긴 엄마도 아직까지 내가 뭘 해서 먹고사는지 모른다―학원이나 차리라니까―. 당연히 일가친척도 모른다―어릴 때부터 이상하더라니―. 주변 지인들도 정확히 내가 뭘 해서 먹고사는지 모르는 눈치다―장사나 잘할 일이지―.

현실이 이렇다 보니 티 블렌더가 못 되었다고 좌절할 사람은 없다. 상식이 있는 사람이라면 애초에 도전도 안 할 뿐더러, 재미 삼아 도전했다가 돌연 그만두더라도 가족과 친구들이 크게 기뻐할 것이다. 갑자기 세상의 모든 티 블렌더가 사라진다면? 누구도 알아채지 못할 것이다. 티 블렌더는 세상이 필요로 하는 직업이 아니다. 의사나 교사, 엔지니어, 화가, 요리사, 마술사, 스파이, 차력사는 몰라도 티 블렌더는 아닌 것이다.

언젠가 고등학교 은사님에게서 받은 한 통의 메일이 떠오른다. 은사님은 내가 어딘가에 틀어박혀 글을 쓰거나, 그림을 그릴 줄 알았다고 했다. 당시에 나는 어느 번듯한 회사에서 마케팅 과장으로 근무하고 있었다. 이제 와 은사님의 메일이 떠오른 것은, 어딘가에 틀어박혀 있기엔 마케팅 과장보다 티 블렌더가 한결 유리해 보여서다. 은사님이 정확히 보았다. 나는 틀어박혀 있기를 좋아한다.

기질이, 성격이 그 사람의 운명이라고 니체Friedrich Nietzsche 가 말했던가. 틀어박혀 있어서는 의사가 될 수 없다. 선생도 될 수 없다. 요리사도 될 수 없고 마술사도 될 수 없다. 티 블렌더는 될 수 있다. 온갖 찻잎과 꽃잎들, 식용 작물들, 향신료들이 겹겹이 쌓여 있는 곳에 온종일 틀어박혀 지내다 보면, 티 블렌더가 아니 될 수 없다. 은사님의 혜안이 놀랍다. 은사님은 나를 각별히 아끼셨던 것 같다.

"선생님, 저는 마침내 틀어박혀 잘 지내고 있습니다. 붓이 아닌 찻잎으로 향미를 그리면서요. 제게는 걸작을 만들겠다는 야심이 있습니다. 아직은 성공하지 못했지만, 이렇듯 향기 나는 곳에 틀어박혀 있으니 실패를 거듭해도 태평하기만 합니다. 저는 티 블렌더입니다."

조   말   론

배움을 청할 선생도 없고 쓸 만한 레퍼런스도 없는 상황에서 작업은 지지부진하게 진행됐다. 쉬운 건 하나도 없었다. 하나라도 요령을 깨치려면 수많은 시행착오를 겪어야 했다. 혼자서 감내해야 했다. 그래도 작업에 재미가 있으니 그런대로 견딜 만했다. 다만 한 가지, 작업의 방향이 옳은지 그른지 판단이 안 서는 게 문제였다. 내가 원하는 차의 향미는 이러이러한데, 시중에 넘쳐나는 차의 향미는 저러저러했다. 나와 비슷한 작업을 하는 티 블렌더는 이 세상에 없는 듯했다. 고립감을 느꼈다. 매출도 매양 제자리여서 더욱이 위축됐다.

대세를 따르겠다고 원치 않는 향미를 만들 수는 없었다. 그럴 것이면 지인들이 충고한 대로 잘 나가는 해외 브랜드를 수입해 유통만 하는 게 나았다. 나는 고유한 블렌딩 티를 만들고 싶었다. 마시면 사루비아 다방의 차라는 걸 금세 알아챌 만큼 개성이 분명한 블렌딩 티를 만들고 싶었다. 꿈은 그렇게 담대했지만 현실은 초라했다. 겉으론 큰소리를 쳤지만 하루도 빠짐없이 상처받고 있었다. 바로 그때쯤 조 말론Jo malone에서 연락이 왔다. "조 말롱?" 옆에서 "조 말론이요" 하고 정정해 줬다. 유명한 향수 브랜드인데 티 클래스를 문의해 왔다고 했다. 무슨 꿍꿍이지?

무슨 꿍꿍이가 있기에 나 같은 티 블렌더에게 수업을 의뢰했지? 보나 마나 뻔한 브랜드일 것이라 짐작했다. 나는 자기혐오에 빠진 티 블렌더였다. 구제불능인 티 블렌더. 그러니 내게 먼저 연락을 해 온 조 말론도 구제불능일 가능성이 크다고 생각했다. 이름부터가 의혹을 사기에 충분했다. 세상 어느 누가 향수 브랜드 이름을 조 말론이라 지을까? 조 말론은 내가 알던 향수 브랜드 이름이 아니었다. 내가 알던 향수 브랜드 이름들에선 향기보다 먼저 사치품 냄새가 났다. 조 말론에선 망치나 전동 드릴 냄새가 났다. 건실한 화공이나 가구 회사의 냄새가 났다.

아무 기대 없이 자료 조사차 조 말론 매장을 방문했다. 진열된 향수의 종류가 상당했다. 어림잡아 수십 종은 넘어 보였다. 그중 몇 종만 시향하고 나올 참이었다. 나와서 장이나 봐 돌아갈 참이었다. 무작위로 향수 하나를 골라 시향을 시작했다. 동공이 확장됐다. 심장 박동이 빨라졌다. 염치 불고하고 진열된 모든 향수를 순서대로 시향했다. 조 말론은 이름뿐 아니라 향에서도 내가 알던 향수가 아니었다. 내가 알던 향수들에선 으레 향수 냄새가 났다. 조 말론에선 샐러드 냄새가 났다. 갓 짠 오렌지 냄새가, 아침에 핀 은방울꽃과 저녁에 핀 재스민, 청량한 탄산과 쐐기풀, 건초, 젖은 부엽토와 같은 실재의 냄새가 났다. 말하자면 조 말론은 향수나 화장품의 영역이 아니라 채소나 과일, 바람, 연기와 같은 자연의 영역에 더 가까이 있었다. 이런 향수가 세계적인 반향을 일으킨 그 향수라니. 향수가 글쎄 신선하지 않은가.

한 방 얻어맞은 기분이었다. 코가 아니라 머리가 얼얼했다. 차가 아니라 향수에서 내가 원하던 향미를 찾았기 때문이었다. 순한 향미였다. 순하고 신선한 향미였다. 순하고 신선하고 독창적인 향미였다. 밸런스도 뛰어났다. 향수에서 무려 여백을 느끼기까지 했다. 내가 알던 향수들은 빈틈없이 조밀했다. 짙고 화려했다. 조 말론은 향수보다 차에 더 가까웠다. 향수 같은 차들이 있는 반면에, 차 같은 향수도 있었다. 조 말론이었다. 그중에서도 내게 의뢰한 티 클래스의 주제이기도 했던 '레어 티Rare Tea' 향수 라인은 압권이었다. 여섯 가지 차류에서 영감을 얻어 만든 여섯 가지 향수였다. 처음에 나는 그것이 차를 앞세운 기존의 코스메틱 제품들처럼, 차의 이미지에 편승한, 차와는 아무런 관련이 없는 알량한 제품이라 짐작했다. 또 한번 성급했다. 레어 티 라인의 향수들은 차의 향미를 재현하기보다 그것의 성질이나 뉘앙스, 질감, 여운, 톤과 같은 표현적인 것에 주목했다. 찻잎을 알코올에 증류해 그것이 영혼의 정수라도 되는 양 몇 방울 병입한 것을 얄팍한 상술로만 치부할 수 있을까? 마술이 아닌 아름다움은 없다.

나는 물리적인 통증마저 느꼈다. 그러곤 오랜 열병에서 회복된 사람처럼, 그래서 갑자기 삶의 의지가 어느 때보다도 충만해진 사람처럼 작업에 열중했다. 내가 마시고 싶은 차를 만들면 되는 것이었다. 사실은 그것이 내가 가장 잘 만들 수 있는 차이기도 했다. 작업실이 전에 없이 분주해졌다. 작업과 놀이의 경계가 점점 불분명해졌다. 난생처음 덕업일치의 경지랄까. 절대 닿지 못하리라 여겼던 비경 같은 것에 이른 듯했다. 그곳은 황홀하기보다 명료했다. 한없는 인내심이 그곳의 풍토였다. 나는 티 블렌더라는 직업의 세계에 그제야 첫발을 내디뎠다.

그 르 누 이 의 불 행

조향사 중에는 18세기에 살면서도 성분을 분석하고 정량을 치밀하게 계산해 향수를 만든 이가 있었다. 실존한 인물은 아니고 파트리크 쥐스킨트Patrick Suskind의 소설 《향수》에 나오는 그르누이라 불리는 인물이다.

그르누이는 화학적 지식에 기대지 않고서도 한 치의 오차도 없이 향수를 한 번 맡기만 하면 그대로 모방해 만들 줄 알았다. 쥐스킨트는 소설 첫머리에서 그런 그르누이를 두고 냄새에 관한 한 "가장 천재적이면서 가장 혐오스러운 인물"이라 표현했다. 나도 그런 줄 알았지만 읽다 보니 그렇지 않았다. 그르누이는 천재가 아니라 돌연변이였다. 후 각수용체가 비정상적으로 발달한 돌연변이, 괴물, 살인자 였다.

날 때부터 그르누이는 냄새를 기막히게 잘 맡았다. 가까

운 냄새는 물론이고, 바람에 실려 온 미소한 냄새마저도 분
자 단위로 놓치지 않았다. 그는 수천, 수만 가지 냄새를 분
별했다. 그뿐 아니라 한 번 맡은 냄새를 잊는 법도 없었다.
그런데 그런 일은 개들도 잘한다. 멧돼지는 더 잘하고 코끼
리는 그보다 더 잘한다. 그르누이가 천재라 불리려면 저와
같이 타고난 생물학적인 후각 능력만으론 부족하다. 맡은
냄새를 의미화할 줄 알아야 한다. 의미화한 그것을 재구성
해서 향수로 만들 줄 알아야 진짜 천재다.

　문제는 그르누이가 냄새에서 어떤 감정도 느끼지 못한
다는 데 있었다. 그에게 냄새는 분류하고 기록하고 저장해
야 할 색인표의 목록에 불과했다. 그는 냄새를 맡고 탐하
고 급기야 소유하려 했다. 이를 위해선 살인도 불사했다.
그렇게 첫 번째 살인을 저질렀다. "주근깨가 박혀 있는 갸
름한 얼굴, 붉은 입술, 반짝이는 초록색 큰 눈"을 가진 소
녀였다. 그는 소녀의 "모든 냄새를 훑어 내렸고 턱과 배꼽,
팔꿈치의 주름살 사이에 있는 마지막 한 방울의 향기까지
다 들이마셨다". 냄새는 소녀의 죽음과 함께 빠르게 사라
졌다. 그르누이는 냄새를 지켜야 했다. 영원히 소유해야
했다. 향수가 그 방법이었다.

그르누이는 소녀들을 살해하고 그들에게서 냄새를 채취해 향수를 만들었다. 그것은 쥐스킨트에 따르면 '위대한 향기'였다. 얼마나 위대했던지 그것의 향기가 코끝만 스쳐도 사람들은 신성에 가까운 엑스터시를 경험했다. 그르누이가 처형되길 기다리며 광장에 모여 있던 사람들이 그 향기를 맡았다. 향기에 도취된 그들에게 그르누이는 신의 현시처럼 보였다. "모든 사람들의 눈에 푸른 옷을 입고 있는 이 남자가 이 세상에서 가장 아름답고, 가장 매력적이며, 가장 완벽한 사람으로 보였다." 광장에 모여 있던 만인이 그르누이를 갈망했다. 갈망은 만인에게서 만인으로 전이돼 광장은 "쾌락의 달콤한 땀내로 공기가 무거워졌고, 만여 명의 짐승이 내지르는 괴성과 신음소리가 천지에 가득했다".

그르누이는 혐오감을 느꼈다. 사랑에서 혐오감을 느꼈다. 그는 "사랑이 아니라 언제나 증오 속에서만 만족을 얻을 수 있다는 사실을 깨달"은 것이다. 오직 "증오하고 증오받는 것에서"만. 위대한 향기는 실패했다. 아니, 여전히 향기는 위대했지만 그르누이가 실패했다. 후각이 비정상적으로 발달한 돌연변이가 향기를 맡는 데 실패한 것이다. 사실 그는 향기를 맡는 데 단 한 번도 성공한 적이 없었다. 그가 맡고 싶었던 향기가 하필 자신은 느끼지 못하는 '사랑'이었으니 말이다.

한편, 그르누이가 천재가 아닌 결정적인 이유가 하나 더
있다. 엄밀히 말해 그가 만든 향수는 그가 살해한 첫 번째
소녀의 냄새를 흉내 내 만든 것이지 순수 창작물이 아니었
다. 그것은 철저히 모방한 향수였다. 훔친 향수, 살인자의
향수였다.

최 초 의 냄 새

자신의 이름을 딴 향수 브랜드 '조 말론'의 창업자 조 말론
은 어느 인터뷰에서 "빳빳하게 다린 아버지의 흰 셔츠 냄
새"가 자신이 기억하는 최초의 냄새라고 말한다.

　　나는 저 최초의 냄새를 그녀의 자서전에서도 맡은 적이
있다. 최초의 냄새라는 표현은 쓰지 않았지만 그것의 낌새
라 부를 만한 냄새들, 예컨대 그녀가 좋아한다는 "깨끗하
고 신선해서 바삭한 냄새가 나는 것들이나, 물컵에 떨어진
라임 조각에 이는 거품, 갓 세탁한 호텔의 침대 시트"와 같
은 냄새들에서 말이다. 그녀에게 최초의 냄새는 자신의 생
을 관통하는 냄새의 원형처럼 보인다. 그것은 모든 감각이
열려 있고 긴밀히 연결돼 있던 어린 시절의 냄새였기에 더
욱 강렬하다.

　　내게도 최초의 냄새가 있다. 물 냄새다. 캄캄한 우물에

서 길어 올린, 이끼와 돌 냄새 나는 차디찬 물 냄새. 물은 여름 햇살에 쨍하게 달궈진 금속 대야에 담겨 빛으로 너울 거렸다. 어린 나는 그 앞에 쭈그리고 앉아 물속을 언제까지나 들여다보곤 했다. 빛으로 가득한 물속, 빛을 잡으려 물을 한 움큼 쥐면 그것은 손가락 사이로 허무하게 빠져나가곤 했다. 물과 돌, 이끼, 까마중, 복숭아나무와 앵두나무, 감나무, 뽕나무, 잡목으로 우거진 뒤란의 울타리와 광에 쌓인 해묵은 장작들, 부뚜막 근처를 어슬렁거리던 살찐 고양이와 할머니가 찐 두부 냄새가 뒤섞인 내 유년의 냄새, 내게 각인된 여름의 냄새들. 사랑받는 것이 당연한 시절이었다.

시인 메리 올리버Mary Oliver는 어느 여름날 아침을 회상하며, 그날은 평범했지만 위대한 일이 행해지고 있다는 느낌을 받았다고 했다. 그날 이후로 몇 해 동안 그 순간을 토대로 많은 결정을 내렸다고. 나는 메리 올리버의 말을 빌려 이렇게 쓸 수 있겠다. 그날은 평범했지만 나는 세계로부터 사랑받는 느낌이었다고. 그날 이후로 지금까지도 그 순간을 토대로 많은 결정을 내리고 있다고.

물

물을 좋아한다. 흐르고 맺히고 찰랑거리고, 안개나 수증기처럼 공중에 얇은 장막을 치는 물의 움직임, 그것의 존재 방식을 좋아한다. 엄마는 물을 저렇게 하마처럼 마시는 아이는 처음 봤다며 혀를 찼다. "짜게 먹었니?", "체육 있었어?", "더우니?" 짜게 먹어야만 물을 마시나? 엄마와 나는 그때부터 어긋났을 것이다. "물을 그렇게 마시니 허구한 날 오줌을 싸지!"

물을 좋아해 개울에도 자주 갔다. 엄마는 걱정이 되었던지, 무당의 점괘를 들먹이며 물가에 가면 큰일이 난다고 으름장을 놨다. 큰일. 나는 큰일이 나길 고대하며 또다시 개울로 달려가 또래 아이들과 발가벗고 놀았다. 같이 놀 아이가 없을 때는 혼자 가서 놀았다. 물에 비친 그림자를 봤다. 풀어지고 일그러지고 흔들리는 내 얼굴, 거울에서 본 얼굴보다 친근한 것이었다.

좀 더 커서는 바다에 갔다. 도시에선 개울을 찾기 어려웠다. 찾았다 해도 태반이 하수로 오염된 개울이었다. 바다를 봤다. 바다와 개울은 하늘과 땅의 차이만큼 컸다. 세상에, 물이 한곳에 저렇게 많다니! 저게 다 어디서 온 개울물들이야! 볼 때마다 뛰어들고 싶은 충동을 억제해야 했다. 한번은 실제로 뛰어들기도 했다. 수영도 못하면서 그랬다. 밤이었는데 하마터면 죽을 뻔했다. 어쩔 수 없다고 생각했다. 운명이라면 받아들이겠다고. 해변에서 멀어질수록 우주와는 가까워지는 듯했다. 검은 우주였다. 달도 해변에서 볼 때보다 몇 배나 크고 밝았다. 이 정도면 근사한 죽음이라고 생각했다. 그런데 살아남았다. 운도 없지. 아니, 용기도 없지. 선택할 기회는 여러 번 있었다. 엄마는 다시 점집에 갔다. 점쟁이는 전생에 내가 돌고래였다고 했다. 돌고래라, 마음에 들었다. 이로써 물을 좋아하는 까닭이 해명됐다. 나는 확실히 돌고래였을 것이다. 지금도 그렇게 믿고 있다.

단골 미용사가 머리를 감겨 준다. 그가 좋아하는 물의 세기는 알레그로 콘 브리오(활기차게). 얼음장이 녹으며 불어난 3월의 개울물 소리. 물방울이 정수리를 따라 흐르다 머리카락 끝에서 후두둑 떨어진다. 그대로 머물고 싶다고 생각한다. 미용사가 딴 생각에 정신이 팔려 한없이 머릴 감겨 주면 좋겠다고. 물가에서 보내는 시간은 어째서 늘 그렇게 쏜살같이 흐르는지. "수고하셨어요." 미용사는 수고도 하지 않은 내게 그렇게 말하며 수건으로 젖은 머리를 감싼다. 떼를 쓰고 싶지만 나도 "감사합니다"라고 말하며 의젓한 어른 행세를 한다.

풀장 밑바닥에 잠겨 가부좌를 틀고 앉아, 숨이 넘어가기 직전까지 잠수해 있곤 했다. 외국에 머물던 때였다. 내가 살던 빌라엔 공동으로 사용하는 풀장이 있었는데 실내라서 운치랄 것이 없었다. 바람도 불지 않고 비도 오지 않는 풀장이었다. 그러다 한 풀장이 눈에 띄었다. 그것은 야외에 있었는데 이용자가 적어 버려지다시피 한 풀장이었다. 오후 세 시쯤이면 풀장은 알맞게 데워져 있었다. 수면 위로 낙엽이 팔랑거리며 떨어지곤 했다. 가랑비에선 바다 냄새가 났다. 바다로 나갈 수 있다면. 내게도 지느러미와 부레가 있다면.

차를 따를 때 나는 낙수 소리는 언제 들어도 좋다. 차는 되도록 혼자 마신다. 소리를 더 잘 듣기 위해. 소리에 집중하기 위해. 혼자인 시간을 골라, 그런 시간을 기다려 차를 마신다. 고요에도 소리가 있다. 나는 진공 상태를 말하는 것이 아니다. 고요는 바람 소리, 새소리, 팬 돌아가는 소리, 시계의 초침 소리 따위와 함께 온다. 그런 소리들이 고요를 증폭시킨다. 나는 마지막 한 방울까지 차를 따르고도 아무런 기대는 없이 찻주전자를 그대로 들고 있기도 한다. 그대로 잠겨보는 것이다.

베 네 치 아

베네치아를 사진으로 처음 봤을 때의 일이다. 기분이 야릇했다. 내가 왜 저곳이 아니라 이곳에 있지? 무슨 착오가 생긴 것 같았다. 베네치아는 나를 위해 존재하는 도시였다. 내가 상상한 모든 것, 상상해야 했던 모든 것이 거기에 있었다. 그런데 내가 거기에 없다니. 없을 뿐 아니라 가본 적도 없다니. 처음 본 풍경이었는데도 고향을 잃은 설움 같은 것이 복받쳤다. 저곳에 가리라. 가서 죽으리라. 고향에 묻히리라.

아름다운 것을 보면 왜 동시에 죽음이 떠오르는 걸까. 이런 나를 너무 나무라지는 않았으면 한다. 일찍이 프랑스의 철학자 장 그르니에Jean Grenier는 목전에 존재하는 종말에 대한 첨예한 감각만이 욕망을 부여한다고 했다. 롤랑 바르트Roland Barthes는 사물의 본질은 그것이 사라질 때 나타난다고 했고, 영국의 소설가 토마스 드 퀸시Thomas de Quincey는 행복을 맛보려면 러시아 같은 겨울이 요구된다고 했다. 눈이든 우박이든 서리든 폭풍우든, 하늘이 우리에게 베풀 수 있는 만큼 최대한 많이 내려주는 계절에 "차 쟁반과 함께 방으로 들어온다"고. 아름다운 것을 보고 슬프지 않은 적이 없다. 사랑하는 사람의 얼굴은 언제나 약간은 슬퍼 보인다.

죽음에 매혹돼 있던 시절이 있었다. 이렇게 오래 살 줄 알았다면 좀 더 꼼꼼하게 장래를 계획할 수도 있었을 텐데. 원대한 포부를 세워볼 수도 있었을 텐데. 그러면 과로사로 그토록 원해 마지않던 죽음에 일찍 이를 수도 있었을 텐데. 바로 그때쯤 베네치아를 봤다. 중세의 미로 같은 도시였다. 숨어들기 좋은 도시. 상인들과 떠돌이들이 주인인 도시. 골목마다 바닷물이 넘실거리고, 정시마다 천년 전의 종소리가 다시 울리고, 밤이면 거리의 불빛과 밤하늘의 달빛, 별빛들이 검은 수로에 반사된 제 빛들과 어우러져, 빛의 신기루가 현현하는 도시. 베네치아는 죽기에 제격인 도시였다.

베네치아에 갔다. 사진과 틀림없이 똑같았다. 그렇게 아름다웠고 매일같이 슬픔을 가눌 길이 없었다. 그럼에도 죽고 싶다는 고질병은 도지지 않았다. 왜 그랬을까? 파스타와 와인 때문이었을까. 설마 그 보라색 자두? 포도도 아닌 것이 최상급 스푸만테*의 풍미를 내던 그 자두? 베네치아는 죽을 곳이 아니었다. 체력을 키우고 자금을 모아서 다시 와야 할 곳이었다. 나는 그곳에 도착하자마자 다시 올 계획을 짜야 했다. 그래야 순순히 떠날 수 있을 것 같았다.

* 이탈리아어로 스파클링 와인을 뜻한다.

아름다운 것을 보고 슬프지 않은 적이 없다.

오 트 티 쿠 튀 르

지난 2015년에 영면에 든 스티븐 스미스Steven Smith 씨는 내가 사숙했던 유일한 티 블렌더다. 그는 유능한 티 블렌더이면서 사업에도 재능이 있었다. 그가 설립한 스태쉬 티Stash Tea는 지금도 건재하고, 타조 티Tazo Tea는 스타벅스에 넘어갔다가 최근엔 유니레버에서 인수했다.

스타벅스에서 타조 티를 마실 때가 좋았다. 당시엔 티백에 그렇게 양질의 찻잎을 쓰는 일이 드물었다. 무슨 마술을 부렸는지, 타조 티의 차이Chai를 마시면 인도가 지척에서 느껴졌다. 저기 오른쪽 골목으로 꺾어 들어가기만 하면 인력거들이 북적거리는 콜카타 시내에 도착할 것 같았다. 잉글리시 브랙퍼스트 티를 마셔도 그랬다. 그 차를 마시면 영국이 고향이기라도 한 것처럼 향수병 비슷한 그리움에 시달리곤 했다.

나의 스승인 스미스 씨는 타조 티를 스타벅스에 넘기고

은퇴를 선언했다. 그러곤 가족과 함께 프랑스로 건너가 고성을 구입했다던가. 아무튼 거기서 와인과 장미의 나날을 보내는가 싶더니만, 그의 표현을 빌리자면 프랑스에서의 "두 시간의 점심 식사"를 즐기는가 싶더니만, 일 년도 채 안 돼 현역에 복귀했다. 이번엔 자신의 이름을 딴 스티븐 스미스 티메이커라는 회사를 차려서 말이다.

그는 작고 아름다운 티 브랜드를 상상했다. 거기서 그는 '오트 티 쿠튀르Haute Tea Couture'*라 표방한 고품질의 차를 만들고 싶어 했다. 그것은 사업가가 꾸는 꿈이 아니고 티 블렌더가 꾸는 꿈이다. 그리고 그 꿈은 성공한 것으로 보인다. 적어도 내게는 고민 없이 사서 편하게 마실 수 있는 타사의 블렌딩 티는 스티븐 스미스 티메이커의 차가 유일하기 때문이다. 그는 티 블렌더답게 오랫동안 써왔던 은제 골동 숟가락을 다시 집어 들면서 자신의 복귀를 공식화했다. 그가 쓰던 숟가락을 봤다. 인도 아삼 지역의 한 노점상에서 발견한 숟가락이라고 했다. 사진으로는 유별나 보이지 않았다. 한 노점상에서 발견했다는 사실 말고는 말이다.

---

* 오트 티 쿠튀르는 고급 맞춤 차라는 뜻으로, 스티븐 스미스가 고급 맞춤복이라는 프랑스어 오트 쿠튀르Haute Couture에서 차용해 자신의 비전으로 삼았다.

바로 저것이었다. 저 숟가락이 스미스 씨가 부렸던 마술의 비밀이었다. 나는 왜 나만의 숟가락을 갖고 있지 않지? 그제야 내가 그보다 하수일 수밖에 없는 까닭을 이해했다. 스미스 씨는 숟가락 하나도 허투루 쓰지 않는 사람이었다. 그는 자신이 가진 재능만큼이나 사물이 가진 힘을 믿었다. 숟가락이, 저울이, 행주와 스포이드가 자신을 돕는 줄 알았다. 그는 겸손했고 나는 오만했다. 나는 기교에만 몰두했지 사물에 감사할 줄 몰랐다. 나도 나만의 숟가락을 찾으려 한다. 거기서부터 그의 뒤를 밟아보려 한다.

프 랑 스 적 이 라 는   말

블렌딩 작업이 어떻게 시작되고 완성되는지 제대로 쓸 수 있을지 의문이다. 중언부언할 것이다. 잠꼬대처럼 들릴 것이다. 그런데 작업이 실제로 잠꼬대처럼 진행된다면? 그것은 잘 쓴 글이 될까?

자신이 무엇을 만들었고 왜 만들었는지 말해 줄 수 있는 작가는 현대적이다. 미술의 영역에선 그들을 모더니스트라 부른다. 그들은 자신이 무엇을 만들었는지 알고, 왜 만들었는지도 알며, 무엇을 아는지도 안다. 늘 자신과 자신의 일을 인식하고 있으므로 그들은 언제든 질문에 답변할 준비가 돼 있다. 그들은 우물쭈물하지 않는다. 이미 생각해 놓은 게 다 있다. 그들은 차분히 말하고, 편하게 말하며, 자신 있게 말한다.

저들과 반대되는 존재가 여기에 있다. 나는 뭐랄까. 다

꿈만 같고 뭐가 뭔지 모르겠다. 어쩌다 이 차를 만들었는지도 모르겠고, 어쩌다 이 모양 이 꼴이 됐는지도 잘 모르겠다. 나는 기껏해야 18세기형 인간이다. 모던하고는 거리가 먼 인간. 직감에 의존하고, 감정에 휘둘리고, 몽상에 잘 빠지고, 죽음에 대해 자주 생각한다. "너는 여기에 살기엔 너무 프랑스적이야" 하고 말한 여자가 있었다. 저 말을 들었을 때 나는 삼십 대 중반이었다. 그녀의 말은 프랑스에 대해 품었던 나의 환상을 오염시켰다. 내가 프랑스적이라면, 프랑스가 나와 닮았다면, 프랑스는 별 게 아닌 거잖아? 그런데 어째서 그런 말을 했는지 이제야 알 것도 같다. 지금 글을 쓰는 이제서야 말이다.

거하게 술판이 벌어진 날이었다. 나는 어쩌다 강남 어딘가 술집에 초대받아 사방을 두리번거리고 있었다. 낯선 곳이었다. 유난히 캄캄한 곳이었다. 모인 사람들은 서로 아는 사이처럼 보였다. 분위기가 비슷했다. 남자들의 머리는 흐트러짐 없이 단정했고 윤기가 좔좔 흘렀다. 구두도 새것처럼 반들거렸다. 무려 커프스단추를 단 셔츠를 입은 남자들도 있었다. 여자들은 대개가 미인이었다. 짙은 화장을 한 여자들이 가방을 옆에 끼고서 고양이처럼 애지중지했다. 화려한 의상을 입고서, 반짝이는 장신구를 온몸에 빈

틈없이 달고서 그 모두가 권태롭다는 표정이었다. 도회적인 재즈가 흐르고 있었다. 비로드 쿠션이 의자마다 놓여 있고, 반짝이는 시어 커튼이 테이블 사이에 치렁치렁 쳐져 있었다. 흡사 사람과 공간이 물리적으로 붕괴돼 서로 뒤엉켜 흐느적거리는 모습이었다. 술을 마시지 않았는데도 취기가 오르는 기분이었다.

그들은 엄청 비싸 보이는 양주를 잔을 꺾지도 않고 단숨에 들이켰다. 나도 단숨에 들이켰다. 당연히 금세 대취했다. 그러곤 글쎄… 너무 취해서 글쎄… 분연히 자리에서 일어나 시를 낭송해 버렸다. 뒤엉켜 있던 사람과 공간이 일시에 분리됐다. 사람과 공간 모두 어안이 벙벙한 표정이었다. 큰 실수를 저질렀다는 것을 깨달았지만 엎질러진 물이었다. 어차피 기분 나쁜 곳이었다. 나는 그들의 멸시를 한몸에 받으며 그곳을 빠져나왔다. 바람이 신선했다. 그제야 살 것 같았다. 그녀가 붙잡은 손을 뿌리치고, 무시무시한 시선을 견디며 그곳을 빠져나온 일은 지금 생각해도 잘한 일이었다. 안 그랬다면 긴장한 나머지 누구의 머리채라도 낚아채 바닥을 뒹굴었을 것이다.

그 사건이 있고 나서 그녀가 내게 한 말이, 밤늦게 전화해 술 취한 목소리로 내게 한 말이, 내가 너무 프랑스적이라는 것이었다. 그러니까 프랑스적이라는 말은 이상하다는 말의 완곡한 표현이었던 셈이다. 스스로 생각하기에 현대적이지 않고 타인이 생각하기에 프랑스적이라면 나는 과연 어떤 인간인가? 18세기형 인간이라 쳐주자. 18세기형 인간은 성분을 분석하고 정량을 치밀하게 계산해 차를 만들지 않는다. 붓 가는 대로 쓴다는 말이 있던데, 나는 붓으로 작업을 하지 않으니, 숟가락 가는 대로 만든다고 해야겠다. 그러니 작업을 설명할 방법은 단 하나. 숟가락을 쫓는 것이다. 그러면 말이 될까? 글이 될까? 두고 보면 알겠다.

야 근 단 상 1

오늘도 한 천문학자가 새로운 행성을 발견했다고 한다. 표면 온도가 태양만큼 뜨겁다는데 별은 아니다. 여태껏 발견된 행성 중에서 가장 뜨거운 행성의 이름은 KELT—9b, 표면 온도가 약 4300도라고 한다.

청소년 환경운동가 그레타 툰베리Greta Thunberg는 태양에너지로 움직이는 요트를 타고 도버해협을 건넜다. 그전엔 대서양도 건넜다고 한다. 당찬 그 소녀는 리스본에 도착한 뒤 기자회견에서, "분노한 어린이들의 힘을 사람들이 이해하기 시작했다"라고 말했다. 툰베리는 마드리드에서 열리는 제25차 유엔 기후변화협약 당사국총회에 참석해, 기후행동을 촉구하는 연설로 세계인들을 감동시켰다.

홍콩에서 우산혁명이 일어났을 때도 나는 겹벚꽃의 꽃잎을 따는 데 온 정신이 팔려 있었다. 성차별 편파수사에

분노한 젊은 여성들이 연일 규탄 시위를 이어갈 때도 강황을 빻고 있었다. 튼튼한 팔뚝으로 연신 강황을 빻다가 나는 난데없이 늙은 척을 했다. 꼬부랑 할머니처럼 끙끙대면서, 나도 고생을 할 만큼 했다느니, 이제는 쉴 때도 됐다느니, 누가 묻지도 않았는데 한다는 변명이 구질구질했다. 강황을 빻자는 건지, 절구를 깨자는 건지 싱숭생숭했다.

저 도 차 좋 아 해 요

자주 선잠을 잔다. 티 블렌더가 앓는 직업병이다. 시음하는
족족 차를 뱉지 않고 모두 마셔서 그렇다. 잠이 걱정이면
차를 뱉어야 하지만 그래선 향미를 제대로 느낄 수 없다.
향수는 코로 맡기만 해도 되지만 차는 아니다. 향기와 향미
는 다르다. 차는 코로도 맡고 입으로도 맡아야 한다. 식음
료가 다 그렇다. 와인도 그렇고 커피도 그렇다. 바리스타
는 그래도 티 블렌더보다 형편이 낫다. 커피의 요체는 맛보
다는 향에 있다. 커피는 코로 맡는 들숨 냄새만으로도 충분
히 매혹적이고 향미 또한 어느 정도 예측이 가능하다. 차의
요체는 맛에 있다. 향기도 숨겨져 있어서, 차는 마시고서야
날숨 냄새를 통해 향기를 맡을 수 있다.

　그렇다고 향미를 분석하려는 목적으로만 차를 마시는
것은 아니다. 차를 마시지 않으면 시음에 재미가 없다. 차
를 마시며 시음하는 것과 그렇지 않은 것의 차이는 놀이와

공부의 차이만큼 크다. 놀고 잠들지 못할 것인가. 공부하고 푹 잠들 것인가. 기꺼이 놀이가 가져올 리스크를 선택한다. 차를 죄다 마시는 사소한 이유가 하나 더 있다. 비위가 약해서 그렇다. 내가 뱉어낸 차도 보기에 역한데, 옆에서 스태프라도 같이 퉤퉤 뱉는다면, 여럿이 모여 다 같이 퉤퉤 뱉는다면, 비위가 상해 작업에 집중하지 못할 것 같다. 사정이 이렇다 보니 하루가 멀다 하고 상당량의 차를 마신다. 신차를 개발하며 마시고, 기존의 차를 개선하려 마시고, 소재의 향미와 신선도를 확인하려 마시고, 손님을 응대하며 마신다. 그것도 모자라 마시고 싶어서 또 마신다.

오랜만에 만난 친구가 메뉴판을 보며 무슨 차를 마시겠냐고 묻는다. 사이다가 좋겠다고 대답한다. 초대한 주인이 귀한 차를 대접한다. "혹시 물 한 잔 마실 수 있을까요?" 청한 다음 물만 홀짝인다. 저도 차 좋아해요, 그런데 실은… 해명을 할까 말까 입만 달싹인다.

이 내 처 럼   고 요 한 ,   수 선

명성이 자자한 품종의 차들이 자주 골칫거리였다. 이름값을 제대로 하지 못해서였다. 가령, 이름은 백호은침[*]이지만 찻잎에 검은 반점이 수두룩하거나, 가루가 많거나, 새순만 따서 만들어야 함에도 자라서 벌어진 잎들이 듬성듬성 달려 있는 백호은침이 흔했다. 수선[**]도 예외가 아니었다. 가격은 매년 오르는데 품질은 전년에 미치지 못한 경우가 허다했다. 품질이 전년과 같다면 가격은 두 배 이상 올라 있었다.

직접 만들기로 했다. 다원과 등급이 다른 수선들을 비율에 따라 조합했다. 일등급 노총수선에서 시작했다. 향기의 강도가 짙고 화려해서 젠체하는 인상을 주는 수선이었다. 이런 수선은 단번에 끌리지만 금세 싫증이 난다. 담백한 수

[*]   새순만을 따서 만드는 백차의 한 가지다. 솜털이 송송하고 희고 순하다.
[**] 중국 푸젠성 무이산 지역에서 자라는 우롱차의 한 품종이다. 차성이 강하기로 유명하다.

선을 찾아야 했다. 노총수선의 향미를 지그시 눌러주는 수
선. 끝내는 은미한 향미가 화려한 향미를 이기는 법이니까.

서로 다른 다원에서 온 몇몇 수선들을 시음했다. 등급은
노총수선보다 몇 단계 낮은 담백한 수선들이었다. 등급이
높은 수선들끼리 조합하면 저절로 좋은 결과가 나올 줄 알
지만 의외로 불협화음이 나기 쉽다. 하나같이 개성이 강해
서 그렇다.

다섯 종의 수선 중에 한 종이 낙점됐다. 이제 본격적으
로 노총수선과 화음을 맞춰볼 차례였다. 상상력보다 엉덩
이의 힘이 필요한 차례, 정량을 찾아내는 작업이었다. 이
작업은 결과가 빨리 도출되면 의심이 커진다. 운이 좋아서
그럴 수도 있건만 뭔가 잘못되었다고 느낀다. 고생을 해서
얻은 결과라야 안심이 된다. 다른 수선을 추가해 본다. 작
업이 원점에서 다시 시작된다. 원점에서 시작될 뿐만 아니
라, 경우의 수가 느는 만큼 작업량도 증가한다.

연장이 필요했다. 음악을 틀었다. 작업 중엔 가사를 따
라 부를 수 있는 가요가 제격이었다. 용서나 화해를 구하
는 노래는 피했다. 그런 노래들은 외려 작업 능률을 저하시

컸다. 애원하고 원망하고 저주를 퍼붓는 노래여야 어떤 응어리가 풀리면서 작업에 속도가 붙었다. 속도는 붙는데 입술은 말랐다. 시력이 떨어졌고 말귀를 잘 못 알아들었다. 작업에서 손을 떼야 할 시점이었다. 그런데도 고집을 부렸다. 어떡해서든 끝장을 보고 싶었다. 솔직히 그만하고 싶어서, 다음 날까지 연장하기 싫어서 그런 거였다.

와인 한 잔이 간절했다. 와인 한 잔이면 작업은 종료될 것이었다. 작업은 끝낼 수 없지만 와인 한 잔은 마실 수 있다. 딱 한 잔이면 부활할 수 있다, 고 누군가 속삭였다. 와인잔을 들고 밀폐된 작업실을 나와 창밖을 봤다. 하늘에 푸르스름한 이내가 조용히 깔려 있었다. 거룩한 하늘이었다. 용서나 화해를 부르는 하늘이었다. 수선을 생각했다. 어떤 향미를 원하는지 되짚어 봤다. 이내처럼 고요한, 수선. 그렇게 만들어졌는지는 장담할 수 없다.

향 미 라 는   악 보

수선 블렌딩은 향미를 향상시키는 작업이다. 이런 블렌딩은 음악에 빗대면 지휘와 흡사하다. 티 블렌더는 수선이라는 악보를 앞에 두고 소재를 조율한다. 화음을 맞추면서 가장 이상적이라 여겨지는 수선의 향미를 찾는다. 물론 이상적인 향미라는 것이 다 같을 수는 없다. 같은 티 블렌더라도 오늘 좋아하는 향미가 어제와 다를 수 있다. 향미의 애호만큼 변덕스러운 것도 없다. 나만 해도 최근에 만든 수선은 전에 만든 수선보다 짙고 무겁다.

향미를 확장시키는 블렌딩도 있다. 이런 블렌딩은 작곡과 비슷하다. 작업은 향미를 향상시킬 때와는 전연 딴판으로 즉흥적이고 자율적이며 티 블렌더는 격앙된 상태다. 나는 먼저 주선율이라 부를 수 있는 주제 향미를 머릿속에서 그려본다. 아니, 주선율이 주제 향미다. 둘은 다르지 않다. 좋은 향미는 음악을 부른다. 코와 입이 즐거우면 콧노래가

절로 나오는 것은 그 때문이다. 먼저 향기를 맡는다. 코로 맡는 향기는 일종의 도입부다. 단선율의 향기가 공기를 타고 피어오른다. 그것이 칸타타라면 나는 나팔 소리를 흉내낼 것이다. 차를 마신다. 향기와 맛이 결합하는 순간이다. 비로소 향미라 부르는 순간. 그제야 모든 성부, 모든 향미가 자신의 소리를 드러낸다. 백리향이 산국화와 충돌한다. 왜 이런 어리석은 선택을 한 것일까. 산국화를 빼고 버베나를 추가한다. 등급이 다른 찻잎으로 소리의 강약을 수정한다. 품종을 달리해 음색을 조절하고 계피나 육두구로 리듬감을 살린다.

이렇게 향미가, 음악이 완성된다. 예컨대, 허브 블렌딩인 모어 댄 루이보스는 짧고 경쾌한 스타카토로 연주되지만 카모마일의 사과향과 로즈페탈이 가늘게 이어지면서 긴 여운을 남긴다. 모어 댄 루이보스의 향미는 실제로 들을 수도 있다. 모어 댄 루이보스는 에디 히긴스Eddie Higgins의 연주를 오마주해 만든 차이니 그의 연주를 들으면 된다. 그의 연주를 말로 설명할 길은 없지만 향미로는 제법 그럴듯하게 표현했다.

비 밀 을   아 는   사 람

모어 댄 루이보스에 담으려 했던 여운은 애초 사과향과 겹
벚꽃의 몫이었다. 사과향은 재현했다. 겹벚꽃이 문제였다.
연분홍 겹벚꽃이어야 했다. 꽃대와 꽃술은 필요 없었다. 그
들은 향미에 영향을 끼칠 것이었다.

실제 향미에는 영향을 주지 않으면서도 향미를 보태는
소재가 필요했다. 그것은 생물학이나 화학보다는 심리학
이나 흑마술에 속하는 블렌딩이었다. 연분홍 겹벚꽃을 구
하긴 했지만 완두콩만 한 꽃송이에서 꽃잎만 떼려 하니 일
이 커졌다. 그만큼 소재의 원가도, 비용도, 최종 판매가격
도 오를 터였다. 타협을 해야 했다. 마침 신선한 로즈페탈
이 있었다. 그것을 썼다.

회심의 역작을 꿈꾸지만 소재를 구하지 못해 포기해야
할 때가 있다. 비교적 최근에도 소재 하나를 구하지 못해

작업을 가을까지 미뤄야 했다. 소재를 구해도 가격이 문제다. 판매가를 고려치 않고 무턱대고 좋은 소재만, 그러니까 비싼 소재만 쓸 수는 없다. 게다가 좋은 소재가, 비싼 소재가 언제나 최적의 향미를 내는 것은 아니다.

종교학자이자 철학가인 미르치아 엘리아데Mircea Eliade는 "무엇인가를 '만든다'는 것은 그것을 '고안'해내고 저절로 '나타나게' 하는 주문을 아는 것"이라며, "쓸모 있는 물건을 '만드는' 사람이란 만드는 비밀을 '아는' 사람"이라 했다. 티 블렌더에게 저절로 '나타나게' 하는 주문은 무엇일까. 무엇을 알아야 비밀을 '아는' 사람이 될까.

처음에 나는 그것이 소재라 생각했다. 소재를 무궁무진 알면, 굉장한 차를 만들 수 있을 것이라고. 그런데 가면 갈수록 그것이 전부가 아니라는 생각이 든다. 가령, 만 가지 소재를 알더라도 그것을 특정한 향미로 '나타나게' 할 수 없다면, 만 가지 색을 구분하더라도 그림을 그리지 못하는 것과 같다. 그러니 엘리아데가 말한 그 주문이란 티 블렌더에겐 향미를 조합하는 능력이 아닐까 싶다.

화가는 선과 색을 조합해 그림을 나타낸다. 작곡가는 음

표를 조합해 곡을 나타낸다. 도예가는 흙과 불을 조합해 그
릇을 나타내고, 코미디언은 말을 조합해 웃음을 나타낸다.
소재를 탓하려다 내 무능만 들통났다.

야 근   단 상 2

고대 주술사들은 차를 이용해 병을 고치고 신을 만났다. 차가 약재와 영매의 역할을 동시에 수행했던 셈이다.

그들은 차를 비췻빛 거품이라 부르며 신성시했다. 그것을 마시면 체기가 뚫렸고 염증이 나았으며 번민이 사라졌다. 신도 만났다. 뮤즈라 불리는 신. 시인은 차를 마시고 시를 썼다. 도공은 찻잔을 빚었다. 추사와 같은 문사들은 난을 치거나 글을 쓰면서 도량을 닦았다.

이제는 누구도 차를 약재나 영매로 여기지 않는다. 차는 음료가 되었다. 약재와 영매의 추억이 가물거리는 기능성 건강음료. 그러나 차가 지닌 영적인 그것은 다구를 갖추고 차를 우릴 때 돌연 확연해지기도 한다. 이를테면 나는 지금 차를 마시는 중이며, 차를 마시는 일 말고는 다른 무엇도 하지 않겠다는 의지가 노골적으로 표명되는 순간에, 차는 다시금 약재와 영매의 마법을 회복하는 것이다.

티 블렌더는 오늘도 찻잎을 고른다. 귤피를 말리고 계피를 자른다. 마른 꽃잎을 꽃송이에서 한 잎씩 딴다. 고작 음료나 만들자고 이러고 있는 것이 아니다.

티 블렌더는 오늘도 찻잎을 고른다.
귤피를 말리고 계피를 자른다.
마른 꽃잎을 꽃송이에서 한 잎씩 딴다.
고작 음료나 만들자고 이러고 있는 것이 아니다.

일장춘몽

2019년 봄에 일장춘몽을 만들었다. 무상한 향미를 표현하고 싶었다. 무모했지만 시도라도 해보고 싶었다. 바람 탓이었다. 창을 여니 바람이 들이쳤다. 전날과는 다른 바람이었다. 따뜻한 바람. 봄바람. 그날과 같은 바람이었다.

그날도 봄이었다. 나는 운전 중이었다. 봄이구나 했다. 벚꽃이 온 산을 메우고 있으니 또 봄이구나 했다. 신호가 바뀌길 기다리는데 라디오에서 김윤아가 부르는 〈봄날은 간다〉가 흘러나왔다. 처음엔 움찔했던 것 같다. 힘이 쑥 빠진 것도 같다. 핸들을 잡은 손이 부르르 떨렸다. 그러다 운전을 지속하지 못할 만큼 온몸이 오들오들 떨렸다. 가까스로 차를 길가에 세우고 차창을 열었다. 바람이 들이쳤다. 전날과는 다른 바람이었다. 따뜻한 바람. 봄바람. 바로 그 바람이었다. 잠이 쏟아졌다. 아무리 청해도 오지 않던 잠이 술술 쏟아졌다.

꽃들로 울긋불긋한 골목 어귀를 바라봤다. 봄볕이 내려앉은 낮은 담장이 아랫목처럼 따뜻해 보였다. 순간 나도 모르게, '이제 봄은 오지 않고, 간다'라고 중얼거렸다. 다른 누구도 아닌 내가 그렇게 중얼거렸다. 무슨 뜻으로 그런 말을 했는지 알 도리가 없었다. 봄은 오기도 하고, 가기도 하는 것인데, 왜 오지 않고 간다고 했는지 내 속을 나도 알 길이 없었다. 진실은 전달되지 않고 누설된다더니, 그렇더라도 내 입에서 누설될 줄이야. 그때는 몰랐지만 그날이 내겐 보르헤스Jorge Luis Borges가 말한 '그 순간'이었던 것 같다. 자기 자신과 영원히 만난다는 그 순간, 만남으로써 과거의 자신과 돌이킬 수 없이 결별한다는 '중심 순간', 인생의 암호로서의 한순간이 바로 그날이었던 것 같다. 달라져야 한다는 것을 직감했다. 달라지기 싫어도 달라지게 될 것을 예감했다. 보내야 할 얼굴들이 떠올랐다. 놔야만 하는 손들이 떠올랐다. 허망했지만 가는 봄을 본 것은 그때가 처음이었다. 본 중에 제일 아름다운 봄이었다.

화사집

무상한 향미를 만들고 나니 무구한 향미도 만들고 싶었다. 봄은 나와 무관하게 아름답다. 그것은 공리이고 봄을 대하는 정당한 태도였다.

파헬벨의 〈캐논 변주곡〉에서 모티프를 얻었다. 바로크 음악을 즐겨 듣지만 〈캐논 변주곡〉만은 듣지 않았다. 바로 무구하다는 이유로, 한 점의 티끌도 찾을 수 없다는 이유로 듣지 않았다. 화사집에 이보다 나은 레퍼런스는 없었다. 편곡을 가미해 피아노 삼중주로 구성했다. 홍차와 녹차, 매화였다. 마셔보진 않았지만 셋이 어울릴 거라 확신했다. 그것은 적중했다. 정량만 찾으면 됐다. 정량도 어렵지 않게 찾았다. 작업이 일사천리로 진행됐다. 흔치 않은 일이었다.

흔치 않은 일은 또 있었다. 소재를 모아놓으니 맡아야 할 파트도 대번에 떠올랐다. 홍차 다즐링이 바이올린이었다. 다즐링이 봄을 알리며 바이올린을 켰다. 녹차는 첼로였다. 녹차가 봄이라는 주제 향미를 안정적으로 떠받쳤다. 매화는 피아노였다. 매화가 D장조의 선율로 무구한 봄을 표현했다. 삼중주가 그렇듯 소재가 셋으로 제한된 화사집은 소재들 저마다의 기량이 어느 때보다 중요했다. 녹차는 원래 쓰던 녹차를 썼다. 국내 녹차품평대회에서 여러 차례 수상한 경력이 있는 녹차였다. 다음은 홍차였다. 누구나 들으면 알 만한 명문 다원에서 자란 다즐링을 썼다. 매화는 신예였다. 새끼손톱보다 작은 꽃망울에서 향기가 폭발했다.

이렇게 셋이 연주를 한다. 마실 때마다 조마조마하지만 이 정도면 나무랄 데 없다고 생각한다. 그럼에도 더 많이, 더 오래 사랑받기를 소망해선지, 마실 때마다 브라보! 브라보! 환청이 다 들린다.

백 야

흰 것의 향미를 만들고 싶었다. 보다 정확히는 흰빛을. 북극의 빙설이나 시베리아 설원에 반사된 차고 시린 흰빛. 그것은 그림자도 지워버리는 빛, 심연의 그늘마저 희게 밝히는, 흰 것이 검은 것보다 짙고 물컹한 그런 흰빛을 향미로 만들고 싶었다.

수채화를 만든 탓이었다. 수채화를 만들며 흰 것의 아름다움에 몰두한 탓이었다. 수채화를 완성할 즈음이었다. 나는 문득 세상의 모든 차가, 내가 만든 모든 차가 삶에서 아름다운 면만을, 고귀하거나 즐거운 면만을, 쾌락과 소망만을 취하려 한다는 사실을 깨달았다. 영리한 전략이었다. 기만적인 선택이었다. 삶의 진면목을 드러내고 싶었다. 그런 향미를 만들어 보고 싶었다.

새삼 차는 누가 마시는지 생각했다. 혼자인 사람이 마신다. 결국엔 혼자 남은 사람이 차를 마신다. 그 한 사람을 생각했다. 특별히 기쁘지도 슬프지도 않은, 그래서 더욱이 난처한 상황에 빠진 한 사람을 생각했다. 그는 숨지 않는다. 그는 흰 밤을 지새우고 있다. 눈을 가늘게 뜨고서 흰 하늘을 가망없이 바라보고 있다. 백야의 첫 포뮬러는 수정되어야 했다. 혼자서 차를 마시는 한 사람을 떠올리니, 처음 상상한 그대로의 향미가 가혹하다 여겨졌다.

박하를 빼야 했다. 박하의 차고 시린 향미는 지나치게 신랄했다. 그런 박하가 백차와 만나면 백야의 향미는 하얗게 질려버릴 것이었다. 대신에 페퍼민트를 추가했다. 페퍼민트는 박하과에 속하는 잡종으로 한결 온화했다. 펜넬도 추가했다. 펜넬은 따뜻한 소재이고 나는 냉혹하지 못했다. 그리고 수레국화, 그에게 건네는 약속의 말, 이것의 꽃말이 행복이라 들었다.

우리의 의무는 정서를, 추억을, 심지어 슬픈 기억조차
아름다움으로 바꾸는 거예요. 그게 우리의 과제예요.
그리고 그 과제의 커다란 미덕은 우리가 결코
그 목적을 달성하지 못한다는 점이에요.
우리는 항상 아름다움을 포착하기 직전의 상태에 머물 뿐이지요.

−호르헤 루이스 보르헤스

2부

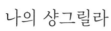

나의 샹그릴라

사루비아 다방에서

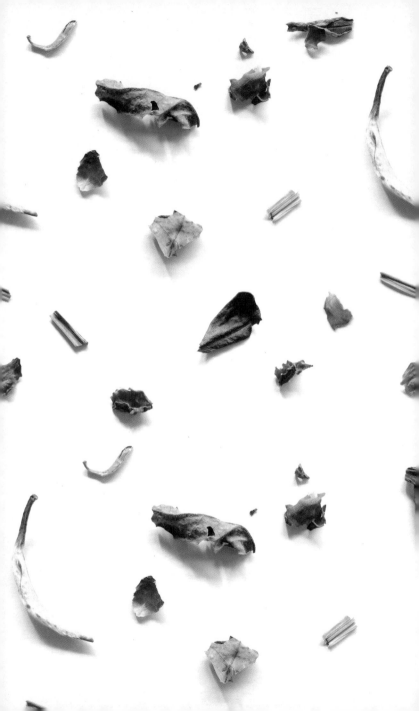

뉴 욕 에 서

숙소가 맨해튼 중심가에서 떨어져 있었기에 매일 허드슨 강을 따라 중앙역까지 가는 기차를 타야 했다. 다시 그 기 차를 타볼 수 있을까. 숙소를 나와 기차를 타고서야 여독이 풀리는 듯했다. 차창에 이마를 대고 허드슨강을 바라봤다. 이마는 차고 엉덩이는 따뜻했다. 간혹 김 서린 차창에 무엇 을 써넣었던 것 같기도 한데. 동그라미, 언제나 동그라미가 그 많은 말들을 대신했다.

뉴욕은 사루비아 다방을 개업하고 간 첫 해외 출장지였 다. 차상이라면 중국이나 인도의 차 산지를 방문하는 것이 통례였지만 나는 뉴욕을 선택했다. 차는 웬만큼 영세한 다 원이 아니고선 샘플을 요청하면 받아볼 수 있었다. 샘플을 받아보면 다원의 수준도 얼추 가늠할 수 있었다. 한정된 비 용을 두고 중국인지 인도인지 뉴욕인지 결정해야 했다. 뉴 요커들이 차를 마신다는 소문을 들었다. 고릿적부터 차를 마셔왔다는 고려의 후손들은 거들떠보지도 않는 차를 그들이 마시고 있다고. 직접 가서 눈으로 확인해야 했다.

뉴욕으로 출장을 갔던 2004년 당시 한국은 차에 관해서 불모지나 다름없었다. 한국에서 차는 대체로 세 장소에서 알음알음 소비되고 있었다. 인사동과 사찰, 그리고 영국의 옛 코티지 하우스를 본 뜬 찻집들. 인사동과 사찰은 소싯적 툭하면 불려 갔던 학생과(學生課)의 악몽이 되살아나 가기를 꺼렸다. 코티지 하우스는 사방에서 나부끼는 프릴과 리본, 날염된 커튼이 성미에 맞지 않았다. 그것은 나의 적들이 좋아하는, 그들을 식별하는 엠블럼 같은 것이었다.

뉴요커들이 북적인다는 찻집을 중심으로 동선을 짰다. 그곳에도 인사동 같은 찻집이 있었고 코티지 하우스 같은 찻집이 있었다. 보이차나 우롱차를 진지하게 파는 곳은 인사동에 가까웠고, 홍차에 스콘을 파는 곳은 코티지 하우스에 가까웠다. 차도 한국에서 마셨던 차보다 더 낫거나 못하지 않았다. 다만 차를 마시는 풍경이 자못 달랐다. 그들은 커피를 마시듯 차를 마셨다. 이를테면 그들은 차를 마시며 놀랍게도 다른 이야기를 했다. 뉴스와 날씨, 최근에 읽은 책이나 방문한 맛집, 다녀온 여행지, 실패한 연애와 같은 사는 즐거움과 고단함을 이야기했다. 한국에선 차를 마시면 차 이야기만 했다. 품종이나 연수, 구증구포九蒸九曝, 산지, 역사, 브랜드, 최고치를 갱신한 어떤 차의 가격과 그를 둘러싼 해괴한 소문들, 정산이니 외산이니*, 고수차니 재배차니… 차는 향유의 대상이 아니었고 연구의 대상이었다. 찻자리는 대화가 오가는 자리가 아니었고, 해석과 비평이 오가는 고담준론의 자리였다.

뉴욕에 갔다. 가서 뉴요커들이 대수롭지 않게 차를 마시는 풍경을 봤다. 향유의 풍경이 저렇게 한가롭다. 만사가 순조로운 풍경. 그들 틈에서 차를 마시니 나는 실로 오랜만에 차를 마시는 듯했다. 사람들이 적당히 지나쳐 갔고 차는 충분했으며 좋은 바람이 나붓거렸다. 나는 온 힘을 다해 그 순간에 집중했다. 그 순간을 기억하려 했다. 어쩐지 그 순간이 오래도록 버팀목이 돼줄 것을 알았다.

---

* 우롱차가 태동한 중국 민북의 무이산을 '정산'이라 부르고 그 외 주변 산지를 '외산'이라 부른다.

질 문 의 책

어떤 노란 새가
그 둥지를 레몬으로 채우지?

창업이라 했지만 사업자등록증만 발급받은 상태였다.
한참 희망에 차 있어야 할 때였지만 그럴 만한 마음의 여유
가 없었다. 회사가 아니라 내가 문제였다. 순전히 개인적
인 문제로 몸도 마음도 피폐해져 있을 때였다. 살면서 별의
별 일을 다 겪어봤지만 그때만큼 고통스러웠던 적이 있었
나 싶다.

추적추적 비가 내렸다. 우산을 사기엔 애매한 빗줄기였
다. 비를 맞으며 뉴욕 거리를 걸었다. 가랑비에 옷 젖는다
더니 슬슬 오한이 나기 시작했다. 카페나 레스토랑이라도
들어가 몸을 녹여야 했지만 선뜻 들어가지 못했다. 거기엔
즐거운 사람들만 있었다. 서로를 아끼는 가족이 있었고,

사랑에 빠진 연인이 있었으며, 친구들이나 직장 동료들이 음식과 술을 먹고 마시며 와자지껄 떠들어대고 있었다. 어떻게 저기에 들어갈 수 있나? 나는 그들에게 불청객이었다. 그늘이었고 불행이었다. 그들을 방해하고 싶지 않았다. 아니 훼방꾼이, 천덕꾸러기가 되고 싶지 않았다.

길을 잃었다. 그렇다고 택시를 잡아 타고 숙소로 돌아가고 싶지도 않았다. 이러지도 못하고 저러지도 못했다. 마냥 걷는 수밖에 없었다. 그렇게 걷고 또 걷는데 불빛 하나가 눈에 들어왔다. 따뜻한 불빛이었다. 서점의 불빛. 노란 알전구에서 발광하는 담백한 불빛이었다. 춥고 배고프고 의지할 데 없던 내게, 서점에서 새어 나오는 어슴푸레한 불빛은 자동차의 헤드라이트보다 눈부셨다. 그것은 성령으로 충만했다. 이제 곧 예수처럼 생긴 주인이 나타나 나를 위한 담요와 찻주전자를 마련해 줄 참이었다.

뛰듯이 걸어 서점에 도착했다. 힘차게 서점 문을 열었다. 아무도 반겨주지 않았다. 고개를 들어 힐끗 쳐다보는 사람도 없었다. 당연히 예수처럼 생긴 주인도 없었다. 대신에 서점은 순례자처럼 보이는 사람들로 바글바글했다. 그들은 말없이 고개를 숙인 채 서가 주위를 뱅뱅 돌면서 다음 책을 찾고 있었다. 나도 그들 사이에 끼어 뱅뱅 돌았다. 돌면 돌수록 마음에 평화가 깃드는 듯했다. 그때만큼 책이 가진 힘에 즉각적이고 현실적인 도움을 받은 적은 그전에 도 없었고 이후에도 없었다. 다리도 쉴 겸 서가의 아래쪽을 훑어봤다. 오래지 않아 작고 얇은 시집 한 권이 눈에 들어 왔다. 원하는 책은 언제나 서가 아래쪽이나 구석에 꽂혀 있 는데 뉴욕의 서점이라고 다르지 않았다.

그러면 그렇지. 'The Book of Questions', 제목부터 남 다르지 않은가. 후에 '질문의 책'이라는 제목으로 한국에서 도 출간된 파블로 네루다Pablo Neruda의 마지막 시집이었다. 책장을 펼쳤다. 질문이 쏟아졌다. 중요한 질문이었다. 올 바른 질문, 엉뚱한 질문, 고귀한 질문, 다른 질문, 묻고 싶 었지만 남들과 다르게 보일까 묻지 않았던 질문, 잊혀진 질 문이었다. 질문이 틀렸으니 다 틀렸던 것이다. 여기에 내 가 물어야 할 질문들이 다 있다. 묻고 싶었던 질문들이 다 적혀 있다. 나는 시집을 손에서 놓칠까 조심했다. 잃어버 릴까 불안했다. 시집을 잃으면 다 잃는 것 같았다. 시집이 내가 가진 전부인 것 같았다. 서점을 나서려는데 빗줄기가 거세져 있었다. 어디로 가지? 의미 없는 질문이었다.

사 루 비 아   다 방

사루비아 다방이라는 이름은 익히 들어 알고 있었다. 워낙에 유명한 다방이었다. 그곳을 드나들던 손님들 대개가 작가나 기자, 출판업자여서 그랬는지, 심심치 않게 책이나 잡지 등에 이름이 오르내리곤 했다.

　나도 글을 통해 알게 됐다. 제목은 기억나지 않지만, 어디서 읽었는지도 모르겠지만, 그곳의 주인이 전형적인 다방 주인은 아니었던 것으로 안다. 친절엔 인색했고 일하는 방식이 사무적이었다. 글의 화자는 작가였을 것이다. 작가인 그는 온종일 다방에 죽치고 앉아 글을 끄적이거나 누군가의 전화를, 아마도 출판사로부터의 전화를 기다렸을 것이다. 나는 대체 어디서 그런 글을 읽었던 것인지. 도서관이었는지, 사촌오빠의 책꽂이였는지, 도무지 기억나지 않는 걸 보면 인상적인 작품은 아니었던 것 같다. 다만 사루비아 다방, 그 이름만은 잊히지 않고 뇌리에 남았다.

다방은 내 유년시절의 추억이 서린 곳이기도 했다. 관계자도 아니면서 다방을 그렇게 무시로 들락거렸던 아이는 지금도 그렇지만 그때도 드물었다. 엄마를 따라서 많게는 하루에도 서너 군데씩 다방을 순회하듯 돌아다녔다. 그때 엄마는 제법 큰 요릿집을 경영하고 있었다. 다방은 외상값을 채근하는 엄마와 채근당하는 손님들이 만나는 일종의 '만남의 광장' 같은 곳이었다. 공개적인 장소에서 엄마는 숙녀답게 손님은 신사답게 실랑이를 벌이는 광장. 그곳에 갈 때면 엄마는 나를 앞세워 손님 앞에 앉혀 놓곤 했다. 이 아이를 보세요. 많이 부끄럽죠?

다방을 두루 섭렵하다 보니 어릴 때부터 다방에 대한 취향도 생겼다. 예컨대 다방이라면 모름지기 커피가 아니라 수란을 잘 만들어야 했다. 커피 맛은 어디나 엇비슷했다. 다방 커피의 정석—냉동건조커피 한 스푼에 프림 세 스푼, 설탕 두 스푼. 아이도 아는 이 정량을 맞추지 못해, 커피 맛이 형편없는 다방도 없지는 않았지만, 수란은 고도의 기술이 필요한 음식이었다. 수란을 잘 만드는 다방을 만나려면 운이 따라줘야 했다. 티스푼으로 노른자 부위를 톡 터뜨린 후 소금을 쳐서 먹으면 사탕보다 달콤했다. 고소했다. 입 안에서 사르르 녹았다. 나는 그것을 파 먹으며 지루함을 달랬다.

어항이 제일 중요했다. 어항이 없으면 다방을 나가자고 엄마에게 떼를 썼다. 그때는 다방의 어항이 아쿠아리움을 대신했다. 아이들 사이에서 나는 아쿠아리움을 제집처럼 드나드는 부러운 아이였다. 열대어는 아름다웠지만 잉어는 무서웠다. 잉어는 언제고 어항을 깨고 나올 힘과 자유의지를 갖고 있는 듯했다. 수란을 다 먹었는데도, 핥아먹기까지 했는데도 엄마가 일어날 기미를 보이지 않으면 어항에 갔다. 어항 너머로 엄마를 봤다. 엄마는 바다 왕국에 사는 왕비였다. 왕은 어디에 갔지? 궁금했지만 묻지는 않았다. 물거품이 될까 봐. 왕비도 아이도 한 번도 본 적 없는 왕도 모두 물거품이 될까 봐.

회사의 이름을 다방이라 짓고 싶었다. 다방은 내게 친숙한 것 말고도 다른 의미가 하나 더 있었다. 다방은 고려와 조선에서 차와 술, 소채, 과일, 약 등에 관한 일을 주관하는 관서였다. 관서의 이름이 지나치게 감각적이다. 그것이 다방의 음화를 부추겼던 것일까? 한때는 다방이 풍기문란의 본거지였으니까. 음화된 다방에 햇볕을 쪼여주고 싶었다. 차상이라면 마땅히 그래야 한다고 생각했다.

이름을 결정했으니 등록만 하면 됐다. 그런데 '다방', 이
한 단어만으론 등록이 불가능했다. 이런저런 단어들을 다
방 앞에 붙여 봤다. 달 다방, 쓸쓸했다. 별 다방, 유치했다.
코스모스 다방, 외계 식민지에 어울렸다. 사루비아 다방이
떠올랐다. 사루비아 다방. 그보다 완전한 이름은 없었다.
다른 단어들과 다르게 둘은 함께여서 더 완전해지는 이름
이었다. '사루비아'는 거닐듯이 '다방'에 이르렀다. 이른 후
에는 '사루비아 다방'이라는 풍경을 완성했다. 가보고 싶은
다방이었다. 가봐야 할 다방이었다. 회사의 이름을 사루비
아 다방이라 지었다.

우 리 셋 이
언 제 다 시 만 날 까

셰익스피어의 희곡 《맥베스》는 천둥과 번개, 세 명의 마녀들이 등장하며 시작된다. 첫 번째 마녀가 묻는다. "우리 셋이 언제 다시 만날까? 천둥 칠 때, 번개 칠 때, 아니면 비 올 때?" 두 번째 마녀가 대답한다. "우르릉 쾅쾅 소란이 끝날 때, 싸움에 지고도 이겼을 때." 세 번째 마녀는 뭐라고 대답했을까? 그러면 어긋나기 십상이니 날짜와 시간, 장소를 정하자고 했을까? 세 번째 마녀는 "해가 지기 전일 거야" 하고 대답한다.

우리 이야기라고 생각했다. 사루비아 다방을 창업한 나와 두 친구 이야기. 한 친구는 내가 이십 대에 만났다. 감자칩과 사진 찍기를 좋아하는 친구였다. 다른 한 친구는 삼십 대에 만났다. 빵과 클래식을 좋아하는 친구였다. 사루비아 다방은 나와 저 두 친구가 합심해 만들었다. 우리는 죽이 잘 맞았다. 같이 있으면 뭐가 그리 재미있는지 사춘기 소녀들처럼 웃고 떠들었다. 공통점도 많았다. 셋 모두 숫자에 약했고 겁이 많았으며 현실감각이 현저히 떨어졌다.

온라인 쇼핑몰을 오픈하고 첫 매출이 올랐을 때의 일이다. "언니! 여기 좀 봐요!" 우리는 모니터 주위를 에워싸고 결제된 화면을 뚫어져라 응시했다. 어떻게 이런 일이! 우리는 충격에 빠졌다. 첫 번째 마녀가 물었다. "저 분은 우리 쇼핑몰을 어떻게 알았지? 왜 하필 우리 차를 샀지?" 두 번째 마녀도 궁금했다. "저 분은 어떤 사람일까? 어떤 사람이길래 우리 차를 샀을까?" 세 번째 마녀가 대답했다. "분명히 좋은 사람일 거야!" 우리는 곧 성공할 것이었다.

우리는 낙관적이기도 했다. 매출이 없는 날에는 산책에 나섰다. 산책이 잦아질수록 체력은 향상됐다. 이번엔 산에 올라볼까? 두 친구는 기다렸다는 듯이 박수를 치며 기뻐했다. 워낙에 야트막한 산이었다. 예상보다 정상에 빨리 도착했다. 문턱도 오르막 같던 둘이었기에 자기들도 놀란 눈치였다. 남는 건 시간이었다. 사무실에 돌아가 봐야 할 일도 없었다. 우리는 능선을 따라 산 주변을 탐험해 보기로 했다. 벚꽃이 만개한 봄이었다. 은행잎이 노랗게 물든 가을이었다. 우리는 그렇게 걷고 또 걸으며 이 모두가 추억이 될 거라고 했다. 좋은 날이 올 거라고. 그러곤 혹시 망하더라도 툭툭 털어버리자고 했다. 그날은 한강 둔치에 나가 밤새 놀자고도.

그때가 벌써 15년 전이다. 우리 셋은 언제 다시 만날까? 천둥 칠 때? 번개 칠 때? 아니면 비 올 때? 한강 둔치에선 마주치지도 말자.

나 의 샹 그 릴 라

2005년의 서촌은 지금과 분위기가 달랐다. 당시 서촌은 명동과 광화문, 홍대가 지적인 서울의 중심지에 있으면서도 지방 면소재지 같은 분위기를 띠고 있었다. 서촌은 내게 서울의 샹그릴라 같은 곳이었다. 제임스 힐튼 James Hilton의 소설 《잃어버린 지평선》에 나오는 가상의 신비로운 낙원. 서촌이 낙원은 아니었을지라도 신비로웠던 것은 맞다.

서촌에 첫발을 내디딘 순간이었다. 나는 일순 서울의 중심가에서 어느 시골 읍내에 도착한 듯했다. 해가 잘 드는 동네였다. 벗꽃이 눈보라처럼 휘날리는 동네. 코흘리개 아이들이 떼 지어 내달리는 동네였다. 서울에서 코를 흘리는 아이들은 그때 처음 보았다. 우리는 마을 정자에 모인 주민들의 관심을 한 몸에 받았다. 그들은 우리를 외지인 보듯 했다. 서울에서 타인을 외지인 보듯 쳐다보다니⋯ 아이들은 우리가 신기해서 봤고, 장기를 두거나 낮술을 마시던 노인들은 못마땅해서 봤다.

우리는 그 자리에서 만장일치로 서촌에 둥지를 틀기로 결정했다. 다 쓰러져 가는 적산가옥 한 채를 임차했다. 어두컴컴한 지하실이 있는 가옥이었다. 수도계량기가 그 지하실 통로 어디쯤 달려 있었는데, 남자인 수도검침원도 무서워 내려가길 꺼린 곳이었다. 내려가기는커녕 뭐라도 튀어나올까 문을 열기도 두려워했다. 나는 그곳에서 한동안 먹고 잤다. 낮에는 창가에 선 벚나무가 적산가옥의 고졸한 창문과 어울려 계절마다 다른 운치를 냈다. 그러나 밤이 되면 으스스한 기운이 지하실에서부터 스멀스멀 피어올랐다. 나는 소파에 앉아 귀신이든 괴물이든 나타나길 기다렸다. 나타나기만 하면 소원을 말할 참이었다. 소원을 들어주지 않으면 혼내 줄 작정이었다.

귀신은 무섭지 않았는데 옆집 노인은 무서웠다. 그 동네에서 미친 개라고 소문난 노인이었다. 왜 저렇게 성질이 포악하냐고 세탁소 아저씨에게 묻자 총각이라는 것이었다. 그런 노인이 언제부턴가 내게는 고분고분해서 세탁소 아저씨의 놀림을 자주 받았다. 한번은 그 노인과 마을버스에서 마주친 적이 있었다. 당연히 인사를 건넸는데 나를 생판 모른다는 표정을 지었다. 혹시라도 못 알아본 것이 아닌가 싶어 한 번 더 인사를 했더니 아예 내게서 등을 돌리는 것이었다. 마치 나를 아는 것이 무슨 죄라도 되는 듯 얼굴이 새빨개져서 그랬다.

앞집 구둣방 아저씨와는 데면데면 지냈다. 종종 자전거 바퀴에 바람이 빠지면 펌프를 빌리러 가곤 했다. 그는 친절하지도 않고 불친절하지도 않은 태도로 내가 하겠다는데도 굳이 나서서 바퀴에 바람을 넣어주곤 했다. 그러다 한번은 남자친구와 펌프를 빌리러 갔다. 그런데 세상에, 자기 집엔 펌프 같은 것은 없다며 발뺌을 하는 것이었다. 남자친구가 옆에 있으니, 몇 주 전에도 바람 넣어주셨잖아요, 하고 말하기엔 거북한 상황이었다. 그렇게 무안해진 이후로 나와 구둣방 아저씨는 완전히 소원해졌다. 그리고 몇 년이 흘러 서촌에 갈 일이 있어 구둣방 앞을 지나치는데, 내게 "안녕하시죠?" 하고 알은체를 했다. 그것으로 앙금이 풀렸다.

서촌엔 터줏대감이라 부를 만한 오래된 가게들이 많았다. 세탁소도 그랬고 그 옆에 붙어 있던 백반집도 그랬다. 가격이 저렴한 데다 음식 솜씨가 좋아 서촌에 살던 내내 밥을 대 먹었다. 그 백반집 덕분에 점심은 뭘 먹을지 걱정할 필요가 없었다. 몸이 아플 땐 피크 타임을 피해서 일인분도 배달해 줬다. 늦은 점심을 먹으러 가면 거의 반드시 세탁소 아저씨가 막걸리를 마시며 주인아주머니와 노닥거리고 있었다. 나도 자주 거기에 껴서 막걸리를 얻어 마시며 노닥거렸다. 우리가 노닥거리면 세상은 전보다 평온해졌다.

분식점은 뉴페이스에 속했다. 주인 아저씨의 이름이 전도연이었다. 떡볶이가 맛있었는데 당시에도 흔히 맛볼 수 없는 옛날식 떡볶이였다. 전도연 씨는 우리가 떡볶이를 먹으려고만 하면 기다렸다는 듯이 미국 얘기를 꺼내곤 했다. 쉬운 영어를 섞어가며, 자신은 미국에 살았고 한국에는 잠시 머물고 있는 것이라며, 기회만 되면 언제든 다시 돌아갈 것이라고 했다. 입담이 좋았다. 쾌활한 데다 사람을 웃기는 재주가 있었다. 나는 배가 고프지 않아도 분식점을 찾아가곤 했다. 궁금하지도 않은데 미국 얘기를 물어보곤 했다. 그는 돌아갔을까? 돌아가서 행복할까?

수성동 계곡길 마을버스 종점에도 자주 올랐다. 사무실 근처에서도 버스가 섰지만 일부러 거기까지 가서 버스를 탔다. 거기에는 서촌의 명물인 커다란 아름드리나무가 서 있었다. 든든한 나무였다. 아낌없이 주는 나무. 주민들은 그 나무 아래서 쉬거나 버스를 기다렸다. 나도 기다렸다. 타지도 않을 버스를 기다리고 싶어 기다렸다. 기다리며 곧 재개발에 들어갈 것으로 알려진 옥인 아파트에서 새어 나오는 정겨운 소리들을 엿들었다. 빨래하는 소리를 엿들었고 설거지하는 소리를 엿들었다. 아이가 부르는 어설픈 리코더 소리를 엿들었고 전국노래자랑과 날씨예보도 엿들었다. 엿듣다 보면 졸음이 쏟아졌다. 듣다 보면 공연히 눈이 시렸다.

서촌에서 회사를 시작한 것은 두고두고 잘한 일이었다. 시간이 더디게 흐르는 곳이었다. 더디게 살아도 되는 곳이었다. 그곳에서 나는 안정을 되찾았고 건강도 회복했다. 스타벅스의 고향이 시애틀이라면 사루비아 다방의 고향은 서촌이다. 언제나, 지금 이 순간까지도 다시 돌아가고 싶은 고향. 내 마음의 샹그릴라.

영혼의 음식

우동을 이렇게까지 좋아하게 될 줄은 몰랐다. 언제부터 우동을 즐기게 되었나. 사루비아 다방을 창업하면서부터다. 우동, 영혼의 음식, 괴로울 땐 우동이다.

스트레스를 받으면 밥을 넘기지 못했다. 꼬챙이처럼 말랐다. 누군가는 성격이 더러워 그렇다고 했다. 또 누군가는 부럽다고도. 스트레스를 받으면 먹어서 푸는 사람이 있고 나처럼 먹지 않아서 푸는 사람이 있다. 먹어서 푸는 사람은 나보단 성격이 좋은 사람이다. 나 같은 사람은 자기파괴적이다. 자신을 괴롭힘으로써 괴로움의 원천인 자신에게 벌을 주는 것이다. 그걸 알면서도 밥을 넘기지 못했다. 돌을 씹는 듯했다.

그러다 국수가 떠올랐다. 국수라면 넘길 수 있을 것 같았다. 마침 우동집이 가까이 있었다. 우동이 맛있기로 소문난 서촌의 누하우동이었다. 우동을 시켰다. 면발이 유난히 탱글탱글한 우동이었다. 시험에 든 듯했다. 젓가락질이 서툴러 우동을 잘 잡지 못했다. 우동을 잡았다. 우동을 놓쳤다. 젓가락을 재장전하고 우동을 잡았다. 잡아서 우동을 턱까지 끌어올렸다. 그런데 웬걸, 우동은 입에 넣으려 하자마자 미꾸라지처럼 젓가락 사이를 유유히 빠져나갔다.

분위기가 험악해졌다. 우동에 감정이 생겼다. 이제 우동을 먹는 일은 나와 우동의 물러설 수 없는 한판 승부가 되었다. 한 가닥을 잡았다. 빠져나갈까 그것을 입에 물고 재빨리 흡입했다. 후루룩, 후루룩, 후루루룩. 얼굴에 희색이 만연해졌다. 내가 우동을 이긴 것이다. 나도 한다면 하는 사람이다. 뺨에 묻은 우동 국물을 대수롭지 않다는 듯이 손등으로 닦아냈다. 적들에게서 튄 핏자국은 그렇게 닦아내는 것이다. 우동을 열심히, 강렬히 먹고 있으니 주인은 기분이 좋아졌는지 묻지도 않았는데 뜨거운 국물을 다시 채워줬다. 나는 기세가 등등해서 청주 한 잔을 더 주문했다. 그렇게 단골이 됐다.

누하우동의 귀빈석은 출입문 바로 옆에 있었다. 비좁은 식당이었다. 홀에는 둘이 앉아도 꽉 차는 테이블이 서너 개

있었고, 주방을 중심으로 바 테이블이 옹졸하게 둘러쳐 있었다. 손님이 열 명만 넘어도 식당은 인산인해가 됐다. 창도 없어서 열어놓은 출입문이 문이면서 창이었다. 거기가 창가 자리였다. 창가는 누하우동에서도 인기가 좋았다. 내가 그 자리를 매번 차지했다. 제일 먼저 가기도 했지만, 주인은 어떻게서든 출입문 바로 옆에 자리를 만들어 내게 내주곤 했다. 친구도 없는지 매양 혼자 와서 우동을 먹으니 불쌍해 보였을 것이다.

　봄, 가을이면 출입문을 통해 불어오는 바람이 치맛자락을 부풀리곤 했다. 출입문 밖으론 과일이나 부식거리를 파는 용달차들이 확성기를 틀어놓고 느릿느릿 지나가곤 했다. 마을 노인들이 눈을 흘기며 지나가기도 했고, 엄마들과 아빠들이, 학생들이, 직장인들이, 자전거들이 지나가곤 했다. 숨어서 누하우동을 훔쳐보던 아이들도 있었다. 여름 장마나 겨울 폭설에 묻힌 누하우동을 떠올리면 한 시절 아름다운 동화를 겪은 느낌이다. 그렇게 버텨냈다. 우동 한 그릇으로. 주인의 세련된 배려로.

마 지 막   밤

서촌을 떠나 삼청동으로 갔다. 서촌은 들썩이고 있었다. 임대료가 하루가 다르게 올랐고, 재개발이 될 거라는 둥, 고도규제가 풀릴 거라는 둥, 부동산 투기자본이 몰리면서 토박이들은 사라지고 우리 같은 외지인들이 눈에 띄게 늘었다. 분식점도 그새 주인이 두 번이나 바뀌었다. 세탁소도 문을 닫았다. 괴팍한 옆집 노인도 폐가나 다름없는 열 평 남짓한 한옥을 팔고 어울리지도 않는 오피스텔로 이사를 갔다던가….

삼청동에 찻집을 차렸다. 온라인 플랫폼만으로는 한계를 절감했다. 차를 시음하고 홍보할 수 있는 오프라인 플랫폼이 필요했다. 결론은, 쫄딱 망했다. 망한 이유를 대자면 셀 수 없이 많다. 나의 무능력이 제일 컸고, 나머지도 나의 무능력 탓이었다. 그중에서도 특별히, 설상가상으로 무능력했던 영역이 손님을 응대하는 일이었다.

나는 상상 그 이상으로 손님을 응대하는 일에 무능력했
다. 찻집을 문 닫기 며칠 전에 일이었다. 한 여성이 폐업을
안타까워하며 선물을 가져왔다. 어떻게 알고 오셨냐고 물
으니, 옆에서 스태프가 내 허리를 쿡쿡 찔렀다. 오랜 단골
이라는 것이었다. 나는 맹세코 몰랐다. 처음 보는 얼굴이
었다. 눈이 나빠서 그렇다고 둘러댔지만, 사실 그런 적이
한두 번이 아니었다. 안다고 느껴서 알은척을 하면 상황은
더 악화됐다. 그녀는 그녀가 아니었고 그도 내가 아는 그가
아니었다. 스태프는 차라리 알은척을 하지 말라고 충언했
다. 그 후론 알더라도 모르는 척을 했다.

부끄러움도 무능력이라면 무능력이었다. '어서 오세요'
하기도 부끄러웠고, '안녕히 가세요' 하기도 부끄러웠다.
돈을 받는 것이 제일 부끄러워서 캐셔 근처엔 얼씬도 하지
않으려 했다. 손님과 주인이라는 관계가 그렇게 어색했다.
나는 주인 역을, 손님은 손님 역을 연기하는 듯했다. 손님
의 연기는 나무랄 데 없었다. 내가 문제였다. 언제나 나의
연기력이 문제였다. 그렇더라도 그만큼 연기를 했으면 비
극의 여주인공도 아니고 찻집의 주인 역 정도는 해낼 만도
한데, 찻집을 문 닫기 불과 몇 달 전에도 방문한 손님에게
"무슨 일로 오셨어요?" 하고 물은 사람이 나였다. 무슨 병

이라도 있는 것일까?

마지막 밤이었다. 함박눈이 펑펑 쏟아졌다. 지인들을 초대해 조촐히 파티를 열었다. 한 여자가 갓난애를 등에 업고 헐레벌떡 뛰어 들어왔다. 아는 여자였다. 내 차 수업을 수강했던 여자. 차를 유난히 좋아하던 여자였다. 그녀가 울먹였다. 울먹이며 내게 위로의 말을 건넸다. 나는 이미 고뇌와 설움, 절망, 분노의 오만 감정을 지나 홀가분해진 상태였다. 그녀가 소파에 털썩 주저앉더니 엉엉 울기 시작했다. 하얗고 동그란 얼굴이 펑펑 쏟아지는 함박눈에 반사돼 더 하얗고 동그래 보였다. 어깨를 토닥여 줬다. 그러자 더 엉엉 울었다. 그녀를 달래야 했다. 내가 아닌 그녀가 쫄딱 망한 주인처럼 보였다. 뭐라 하며 달랬던가. 마음도 몰라주고 흰소리만 늘어놨던 것 같다.

먼 데서 택시를 타고 부랴부랴 달려온 모양이었다. 한사코 사양하는 손에 택시비를 쥐어 줬다. 택시가 사라진 쪽을 덧없이 바라봤다.

수 업 시 대

수업은 어렵다. 첫 수업이 제일 그렇다. 나는 병이 나길 소망한다. 병이 나서 부득이 수업이 미뤄지길 소망한다. 거짓말을 해볼까 싶지만 들통이 날까 두렵다. 거짓말을 하면 다알 것만 같다. 알기에 웃음거리만 될 것 같다. 그러니까 병이 나야만 한다!

나는 무대 공포증을 앓고 있다. 무대가 무서워 술에 취하지 않고서는, 그것도 대취하지 않고서는 노래방도 못 간다. 노래방까지 갈 것도 없다. 자기소개를 한답시고 앉은 의자에서 일어나는 것만으로도 엄청난 스트레스를 받는다. 자기소개도 수업만큼이나 어렵다. 자기가 자신을 어떻게 소개하나. 뭐라고 소개하나. 그것도 몇 분 만에 말이다. 나는 누구인가? 글쎄요… 최근에 본 영화를 물어본다면 신이 나서 말해 줄 텐데. 그러면 내가 누구인지 더 잘 알 수 있을 텐데. 그런 일은 좀체 일어나지 않으니, '나는 이 자리에 참석한 것을 후회합니다. 자기소개를 해야 한다고 미리 귀띔이라도 해줬다면 여기에 나타나지 않았을 겁니다. 이만 가보겠습니다' 말하고 연기처럼 사라지고 싶다.

이런 내가 차를 가르친다. 강단이라는 무대 위에서, 혼자 원맨쇼를 한다. 그것도 맨정신으로! 병은 나지 않고 첫수업은 시작된다. 수업에 대한 기대치가 최고조에 달해 있다. 긴장감이 감돈다. 수강생들이 하나둘씩 자리에 앉는다. 수강생들은 내가 나타나기만을 벼르고 있는 눈치다. 눈빛이 보통 번뜩거리는 게 아니다. 나는 손톱을 물어뜯으며 전전긍긍하다가, 아무 일도 없었다는 듯이 커튼을 착 가르며 무대에 오른다. 나의 연기론, 아니 강의론은 이렇다. 아는 것을 줄줄 외워서 가르치는 건 아마추어다. 프로라면 아는 것을 연기로 승화시켜야 한다. 관객들을, 아니 수강생들을 휘어잡고 울리고 웃겨야 한다. 이른바 메소드 수업! 한 수강생이 하품을 한다. 다 틀린 것이다.

두 번째 수업이다. 이번에도 나는 건강하다. 첫 수업은 맛보기에 불과했다는 것을 보여줘야 할 텐데. 빈자리가 눈에 띈다. 감기에 걸려 결석한다는 것이다. 역류성 식도염도 아니고 알레르기성 결막염도 아닌 감기라니. 그럴싸한 핑계를 댈 성의조차 없단 말인가. 첫 수업을 복기한다. 내가 뭘 그렇게 잘못했나? 수업은 침몰 직전에 있다. 바로 그때 구세주가 나타난다. 적시에 질문을 던지고 좌중을 웃길 줄 아는 수강생 말이다. 구세주가 질문을 던진다. 답할 수 있는 질문이다. 질문은 수업에 생기를 불어넣는다. 수업은 다시 순항한다. 드물긴 하지만 수강생 전원이 미리 약속이라도 한 듯이 내성적이고 말수가 적은 경우가 있다. 수업은 엿가락처럼 늘어진다. 분위기를 띄우려 농담을 짜낸다. 한 수강생이 입술을 삐죽인다. 삐죽인 것 같다. 나는 텀블링이라도 해야 할까?

세 번째 수업이다. 세 번째부터는 급속히 친해진다. 수강생들의 마음도 내 마음과 크게 다르지 않았던 것이다. 그들에게도 낯선 곳에서 낯선 사람을 만나는 일은 쉽지 않았던 것이다. 거기 티라미수가 맛있다면서요? 어제 뉴스 보셨어요? 강사가 없어도 저들끼리 떠들썩하다. 재밌는 얘기는 강사가 자릴 비울 때만 나온다. 내가 없을 때만 배를 잡고 웃는다. 그래도 상관없다. 수강생들의 행복이 나의 행복이다. 수강생들의 웃음소리는 강사의 자양강장제이기도 하다. 없던 힘이 샘솟는다. 끝까지 최선을 다할 것을 신 앞에 맹세한다.

마지막 수업이다. 이제야 몸이 풀린 것 같은데, 이제야 할 만한데 마지막인 것이다. 수강생들의 표정이 어둡다. 좋은 징조다. '이렇게 시간이 빨리 갈 줄 몰랐어요.' 최고의 칭찬이다. '다시 볼 수 있을까요?' 날 것 같은 기분이다. 이 번에도 수강생들의 인내와 관대함으로 수업은 그럭저럭 마무리되었다. 헤어지는 건 어렵다. 만나는 것보다 몇 배 더 어렵다. 이래서 애초부터 만나지 말아야 했는데… 나는 건성으로 인사를 하고 작업실에 처박힌다.

모두가 떠난 자리, 스태프와 둘이 남아 뒷정리를 한다. "우리 잠깐 쉴까?" 앉아서 창밖을 보는데 나는 무엇을 놓친 사람처럼 허망하다.

수 강 하 는 마 음

마음이 헛헛할 때면 공부 모임에 참석하곤 했다. 특별히 철학 강좌를 듣거나 철학 세미나에 참여하곤 했다. 철학이 있는 곳엔 평화가 있었다. 나는 다른 언어에 둘러싸여 그들의 말을 이해하지 못한다는 이유만으로 책임과 의무에서 해방되는 기분을 맛봤다. 먼 곳에 여행 온 기분을 맛봤다. 강좌나 세미나가 열리는 곳은 실제로 머나먼 곳처럼 느껴졌다. 집에서 가까운 곳일 때도 그랬다. 옷을 차려입고 집을 나섰다. 골목을 돌았고 횡단보도를 건넜다. 평소엔 타지 않던 버스를 탔고 거리의 풍경과 지나는 행인들을 관광객의 눈으로 쳐다봤다.

가장 멀고 낯설었던 여행지는 들뢰즈Gilles Deleuze 강좌였다. 들뢰즈도 어려운데 들뢰즈가 쓴 라이프니츠에 관한 강좌였다. 무슨 소린지 거의 한 마디도 이해하지 못했다. 그곳은 다른 세계를 넘어 다른 차원에 존재했다. 강의실이 워

낙 낡고 높은 곳에 있어서 더 그랬는지 모르겠다. 날씨가
화창해서 그랬는지도 모르겠다. 하늘은 파랗고 비둘기는
날고 졸음이 쏟아졌다. 철학은 문학만큼이나, 때로는 문학
보다 더 문학적이기도 했다. 그러니 설령 이해가 가지 않더
라도, 그것은 내가 몰라서가 아니라 작가와 나의 세계관이
상충된 탓이었다. 철학은 보아하니 머리가 아니라 가슴으
로 느끼는 학문이었다.

한번은 운 적도 있었다. 프랑스 철학사 수업이었다. 강
사는 프랑스에서 갓 박사 학위를 따서 들어온 신출내기였
다. 그는 국내 푸코Michel Foucault 연구자들 중 푸코 사상을 제
대로 아는 이가 없다며 개탄했다. 자신만 빼고서 말이다.
나도 그런 듯했다. 강사에겐 다른 강사들에게선 보지 못한
열정이 있었다. 수업을 장악하며 수강생들을 휘어잡는 카
리스마가 있었다. 강의는 한 편의 대서사시였다. '파놉티
콘', 이름만으로도 거대한 음모가 읽혔다. '감시와 처벌',
제목만으로도 피가 솟구쳤다. 나는 어마어마하고 영웅적
인 이야기 속에 숨어 남루한 현실을 잊었다. 그것에 감동해
그랬는지, 젊은 강사의 앞날이 걱정돼 그랬는지는 불분명
하다. 결국엔 울고 싶어서 울었을 것이다.

　내 수강생들 중에도 나 같은 수강생이 있었을 것이다. 실연의 아픔을 잊으려 수업에 참여한 사람도 있었을 것이다. 육아나 진일에서 잠시 벗어나려 먼 길을 마다치 않고 찾아온 사람도 있었을 것이다. 단지 심심해서 수강한 사람도 있었을 것인데 나는 그 모두를 환영한다. 차 수업이란 그런 것이다. 나는 그렇게 알고 있다. 그렇지 않다면 차 수업이 아니어도 좋으니 아무 수업이나 만들어달라는 수강생들의 마음을 어떻게 이해할까. 수업이 끝난 지 일 년이 지나도록 직접 로스팅한 커피를 소리 없이 매장에 두고 가는 모모 바리스타의 마음을 어떻게 헤아릴까.

번 아 웃

일을 요령 있게 못 한다. 몰아서 일하고 몰아서 쉰다. 떠들 썩하게 일하고 쥐 죽은 듯이 쉰다. 회사도 내가 쉬는 날엔 한숨 돌리는 분위기다. 회사에도 표정이 있어서 확실히 평 상심을 되찾은 얼굴이다. 그러다 불쑥 나타나 투덜대기 시 작한다. 작업장을 쉴 새 없이 오가며 공간이 비좁다고 투덜 대고 난데없이 시간이 없다고 투덜댄다. 코로나19는 언제 끝나냐며 투덜대고, 벌지는 못하는데 세금은 꼬박꼬박 내 야 한다며 투덜댄다. 투덜대며 작업복을 입는다. 집기들을 정리한다. 업무 상황을 보고받는다. 새로운 계획을 공유한 다. 사장에겐 늘 계획이 있어야 한다. 계획은 회사에 생기 를 불어넣는다. 계획이 없으면 회사는 쉽사리 무기력해진 다. 이것저것을 지시한다. 독촉한다. 명쾌하게 답할 수 없 는 질문을 던진다. "너는 우주에 시작과 끝이 있다고 생각 하니?" 시제품을 검사한다. 차의 포뮬러를 수정한다. 오늘 도 결과가 미덥지 않다. 관청에 보고할 서류를 작성한다.

무슨 말인지 이해하지 못한다. 그래도 작성한다. 서류는 수능 시험지 같다. 모르면 가장 그럴듯해 보이는 답을 고르는데, 여러 빈칸 중에 하나를 골라 체크 표시를 한다. 종종 주관식 문제가 출제된다. 무슨 말인지 이해하지 못한 채, 담당자가 가르쳐준 대로 "이 차는 고유 색택의 잎차로서 이미, 이취, 이물이 없다"라고 작성한다. '차에 이미와 이취가 없다면 무색무취한 차여야 한다는 걸까?' 궁금하지만 관청 담당자에게 묻지는 않는다. 물으면 밉보이기 십상이다. 다른 시제품을 시음한다. 포뮬러를 수정한다. 이런저런 잡무들을 처리한다. 그렇게 몇 주가 가기도 하고 몇 달이 가기도 한다. 불쑥 집에 가고 싶어진다. 매일 집에 가긴 했지만 이번엔 집에 가서 다시는 돌아오고 싶지 않다. 커튼을 친다. 휴대폰을 무음으로 돌려놓는다. 잔다. 먹는다. 씻지는 않는다. 또 잔다. 다시 먹는다. 동물의 왕국을 본다. 거실을 서성인다. 커튼 사이로 세상을 훔쳐본다. 눕는다. 누워서 천장을 보거나 창밖을 본다. 그새 살구나무에 꽃이 폈다. 계획이 떠오른다. 신박한 계획이다. 마음이 다급해진다. 회사에 나가 투덜대기 시작한다.

제일 싫어하는 일의 즐거움

제일 싫어하는 일을 제일 먼저 처리한다. 그렇지 않으면 다른 일을 핑계 삼아 또 미루게 될 것이다. 관청에 보고하는 일만큼이나 싫어하는 일이 숫자를 보는 일이다. 둘의 공통점은 내가 저 둘을 싫어하다 못해 두려워한다는 것이다. 자신과의 싸움이 시작된다. 엑셀 파일을 열 것인가 말 것인가. 나는 컴컴한 지하실에 내려가기라도 하듯이, 두근거리는 가슴을 진정시키며, 눈을 질끈 감고 두 번 빠르게 마우스를 클릭한다. 숫자 마귀들이 나타난다. 마귀들이 나를 비웃기 시작한다. 놀리고 윽박지르고 겁주기 시작한다.

장부에 0 하나를 슬며시 보태본다. 0 하나로 천지개벽이 일어난다. 마귀들이 사라진다. 대신에 착한 마법사가 나타나 나를 황금 마차에 태우고 작업실로 데려다준다. 도착한 작업실에는 내가 원하던 모든 것이 갖춰져 있다. 신선하고 진귀한 소재들이 특수 제작된 주석 통에 담겨 차곡차곡 정렬되어 있다. 시험 중인 시제품들이 균일한 크리스탈 병에 담겨 낙점되기를 기다린다. 작업실은 중세 이탈리아 귀족들이 살던 팔라초Palazzo 양식을 흉내 내 지은 것이다. 점토 벽돌로 쌓아 올린 벽이 소담하고 예스럽다. 천장이 높아 절로 숭고한 기분이다. 아치로 된 격자무늬 창을 열자 소박한 빈티지 샹들리에가 바람에 흔들린다. 단단한 마호가니 작업대가 홀을 가로지르며 끝에서 끝까지 뻗어 있다. 쓰다듬으며 건강한 작업대라 생각한다.

0 하나를 더 보태본다. 또 한번의 천지개벽, 그곳이 천국이다. 나와 오랫동안 함께 일해 온 한 동료는 프랑스에서의 안식년을 마치고 지금 막 회사에 도착했다. 그녀는 약간 외국인처럼 보이기도 한다. 그녀는 이제 두 언어로 꿈을 꾼다. 두 세계를 산다. 일 년이 지났지만 어제 헤어진 것처럼 손발이 척척 맞는다. 다른 스태프들도 속속 출근한다. 주문이 쏟아진다. 그럴수록 품질관리에 만전을 기해야 한다. 나는 동료들을 믿는다. 동료들도 나를 믿는 눈치다. 아이디어가 샘솟는다. 기탄없이 문제와 개선점이 발의된다. 배송 부서는 지난 워크숍 이야기로 웃음꽃이 한창이다. 나는 자릴 비켜주며 방해가 되지 않도록 작업실 문을 조용히 닫는다. 그러곤 0 두 개를 뺀다.

돈 과 나

톨스토이Lev Tolstoy는 행복한 가정은 모두 엇비슷한 이유로 행복하고, 불행한 가정은 저마다 다른 이유로 불행하다고 했다. 돈도 그렇다. 돈이 많은 사람은 모두 엇비슷한 이유로 많고, 돈이 없는 사람은 저마다 다른 이유로 없다. 나만해도 오만 가지 이유로 돈이 없다.

나는 돈과 가까이 지내본 적이 없다. 나는 돈에 무지한채 평생을 살아왔다. 그래선지 돈을 잘 알아보지 못한다. 돈이 많은 사람은 길거리에 떨어진 돈도 잘 줍는 것 같다. 돈을 잘 알아보기 때문이다. 나는 길거리에 떨어진 돈을 주워본 적이 없다. 십 원짜리 동전을 몇 개 주워본 적은 있다. 반대로 돈을 버린 적은 많았다. 주머니에 지폐가 있으면 그것을 손으로 몇 날 며칠 꼬깃꼬깃 구긴 다음, 그것을 휴지라 착각하고 화단이나 거리 한 귀퉁이에 슬쩍 버렸다.

돈을 벌고 싶었다. 지금 생각하면 소가 웃을 일이었다. 나는 돈에 대한 절실함이 없었다. 어릴 때 잠깐 유복하게 살았던 경험이 독이 됐다. 엄마는 양장점에서 맞춘 옷만 내게 입혔다. 근처 가게엔 내 외상 장부도 있었다. 아이가 원하는 대로 다 주라고 엄마가 만들어놓은 것이었다. 내게 돈은 필요하면 나타나는 것이었다. 그렇게 살다 보니 명백히 가난해졌을 때도 가난을 실감하지 못했다. 내일 끼니를 걱정해야 하는 상황에서도 가난은 참 복고적이라 생각했다. 낭만적이라고.

나는 자신이 몰락한 줄 모르는 몰락한 귀족과 같았다. 돈이 없으니 귀금속을 팔았다. 자동차를 팔았다. 보증금을 뺐다. 카드를 썼고 마이너스 통장을 개설했다. 나는 빈털털이가 됐다. 친구들이 밥과 술을 샀다. 냄비나 접시도 갖다줬다. 팔 것은 없고 빚은 늘고, 창업 초기엔 매일 밤마다 회사를 접었다 폈다 했다.

그러던 어느 화창한 가을날이었다. 가난도 이골이 났는지 혹은 자포자기를 했던 것인지, 가을이 눈에 들어왔다. 단풍이 눈에 들고 창공이 눈에 들었다. 이 귀한 계절을 공짜로 누리다니 얼마나 복된 순간인가. 추리닝 차림에 쓰레

빠를 신고 사이다를 빨대로 쪽쪽 빨아 마시며, 정독 도서관 벤치에 앉아 행인들을 바라봤다. 모두가 행복해 보였다. 모두가 빚이 없는 듯했다.

그러다 문득 내게도 홀연한 깨침의 순간이 찾아왔다. '사토리悟り'의 순간! 바르트식으로 말하면 "단번에 일어나는 일종의 정신적 재앙" 같은 순간이 내게도 찾아왔다. 그것은 바로, 나는 절대 돈을 벌지 못할 것이라는 깨달음이었다. 진리의 계시였다. 나는 튕기듯이 벤치에서 벌떡 일어났다. 그러곤 돈의 사슬에서 풀려난 자유인처럼 해방감을 느꼈다. 공기를 흠뻑 들이마셨다. 어차피 벌 수 없는 돈이라면 벌려고 노력을 할 필요가 없다!

그때부터 나는 돈을 벌려고 노력했던 시간을 노는 데 썼다. 하기 싫은 일보다 하고 싶은 일을 했다. 차를 만들었다. 글을 썼다. 박물관에 자주 갔고, 자전거를 타고 더 멀리 나갔다. 돈을 버는 데 급급했다면 불가능했을 일이었다. 그럼에도 돈다발이 하늘에서 우수수 떨어진다면? 본체만체하는데도 기어이 돈다발이 나를 추격해 온다면? 상상만으로도 양손이 기도할 때와 같이 공손해진다.

만 약 에   돈 이

돈 얘기가 나와서 말인데, 나는 한국 돈이 조금만 더 예뻐
지면 좋겠다. 미국 돈만큼이라도 예뻐지면 좋겠다. 한국 돈
이, 가령 동전들이 단추나 구슬처럼 예뻤다면 나는 그것을
모아 유리병에 보관했을 것이다. 동전을 쓰기 싫어 지폐도
헐기를 꺼려했을 것이다. 길거리에 떨어진 동전도 누구보
다 먼저 발견해 주웠을 것이다. 그랬다면 나는 이미 부자가
되고도 남았을 텐데 말이다. 워홀처럼 돈을 그려서 부자인
데다 더 부자가 되었을 텐데 말이다.

오십 원 동전은 한국 돈 중에서 유일하게 예쁜 돈이다.
익은 벼가 부조된 오십 원 동전을 가만히 바라본다. 익은
벼 너머로 추수를 앞둔 황금빛 벌판이 눈에 선하다. 일 년
중 가장 풍요로운 저녁이다. 농부의 머릿속에 지난 봄에 모
종을 심던 일이며, 가뭄에 입이 바짝바짝 마르던 때며,
폭풍에 쓰러진 벼를 세우던 순간들이 주마등처럼 스친다.

오십 원보다 두 배나 가치가 높은 백 원 동전에선 아무런 감흥도 일지 않는다. 오백 원 동전에서도 마찬가지다.

워홀도 한국에서 태어났다면 돈을 벌망정 돈을 그릴 생각까진 못 했을 것이다. 그렇지만 미국 돈은 예쁘기 때문에 워홀은 어느 날 1달러 지폐를 무심히 바라보다 돈을 그려야겠다는 마음을 굳혔을 것이다. 달러는 서양의 옛 동화책에 삽입된 삽화처럼 태고연하다. 달러는 액자에 담아 벽에 걸어도 전혀 어색하지 않다. 색감이나 구성이 워낙에 회화적이어서 쉽게 구식이 되지도 않는다. 크기도 적당하다. 달러는 자신의 알맞은 크기로 말미암아 실제보다 더 근사해 보인다. 축소된 아이 옷이 그 앙증맞은 크기로 말미암아 더 예뻐 보이는 것과 같은 이치다.

미국이 경제 대국이 된 것은 돈이 예뻐서일 수도 있다. 돈에 든 가치와 그것의 물성이 지닌 가치가 서로의 가치를 동반 상승시키면서, 미국인들은 자신도 모르게 달러를 더욱더 모으려 열심히 일했는지 모른다. 우리도 더 잘 살려면 돈부터 바꿔야 한다. 돈부터 예뻐져야 한다. 지갑에 예쁜 돈이 두둑하면 나는 먹지 않아도 배가 부를 것 같다.

출 근 하 는 기 쁨

출근을 하려 양말을 신는데 네루다가 쓴 〈내 양말을 기리
는 노래〉가 머릿속에 맴돌았다.

나는 두 발을

그 속에

넣는다

마치

황혼과

양가죽으로

짠

두 개의 상자 속으로

밀어 넣듯이.

이 양말을 언제 샀더라? 양말을 바라봤다. 해지고 늘어
진 양말이었다. 방금 전까지 하루만 더 신고 버리려던 양말

이었다. 그런 양말이 시의 세례를 받으니 새 양말보다 소중해졌다. 시적인 양말이 됐다. 새 양말은 몰라도 시적인 양말은 버릴 수 없다. 신을 수 있을 만큼 신어보기로 했다. 출발이 좋았다. 하루를 시작하며 그만큼 시적인 결정을 내리기란 흔치 않다고 생각했다. 각종 공과금이나 세금, 임대료에 대해선 생각하지 않기로 했다. 그것이 나의 보복이었다. 신자유주의니 민영화니, 금융시장이니 하는, 한 번도 내 편인 적이 없었던 대문자 이데올로기와 시스템에 대한 보복. 나는 버그에 걸린 것이 틀림없었다. 나는 수정되길 원치 않았다.

무 슨 차 야 ?

회사에 도착하면 혜주가 미리 우려놓은 차를 건넨다. 혜주
는 차를 잘 우린다. 차도 음식과 비슷해서 남이 우려주는
차가 맛있다. 차를 잘 우리는 혜주가 건넨 차는 그래서 더
맛있다.

　얼마나 맛있는지 한동안 나는 혜주가 건넨 차를 마실 때
마다, "이건 어디 차야?" 하고 물었다. 그럴 때마다 혜주는
빙글빙글 웃으며 "사루비아 다방 차요" 하고 답했다. 나는
민망해져서 "어쩐지 맛이 기가 막히더라니!" 하고 눙쳐 넘
겼지만, 나는 그 차가 어디 차인지 알아야 했다. 나만은 알
고 있어야 했다. 바로, 내가 만들었으니까!

　혜주가 적어도 회사에선 타사의 차를 마시진 않는다는
사실을 알고부터 나는 질문을 바꿔서 해야 했다. 어디 차인
지 묻는 대신에 무슨 차인지 물어야 했다. 왜 또 혜주에게

묻느냐고? 어디 차인지는 확실해졌지만, 무슨 차인지는 확신할 수 없었기 때문이다. 몇 번 아는 척을 했다가 또 망신을 당했기 때문이다. 왜 나는 내가 만든 차를 못 알아맞히는 걸까. 몇 달을 매달려, 길게는 해를 넘기면서까지 매달려 만든 차의 향미를 나는 왜 못 알아맞히는 걸까?

하긴, 나는 내가 쓴 글도 못 알아볼 때가 있다. 내가 쓴 글이 타인이 쓴 글보다 낯설어 보일 때가 있다. 화가도 그럴까. 화가도 자신이 그린 그림이 낯설어 보일 때가 있을까. 음악가는 어떨까. 음악가도 자신의 곡인 줄 못 알아챌 때가 있을까. 바르트는 "작가란 그가 생산을 끝낸 순간이 아니라, 그가 생산하고 있는 순간에만 존재"한다고 했다. 그러면서 자신은 "책 쓰기를 끝내자마자, 그리고 그것이 출판되자마자 진실로 그 책에 대해 더 이상 할 말이 없"다고도 했다.

할 말을 책에 다 써버린 작가에게 그 책에 대해, 쓴 말에 대해 또 말하라는 것은 가혹하다. 차도 글도 내가 쏟는 관심, 혐오와 애정은 생산하는 순간에 집중돼 있고, 집중의 강도가 높았을수록, 그것에 충실했을수록 털어내는 일이 쉽다. 어떡해서든 털어내고 싶어 한다. 나는 완성된 차를,

글을 털어낸다. 그러면 더 이상 그것은 내 것이 아닌 게 된다. 그것에 대한 관심도, 혐오와 애정도 내 것이 아닌 게된다.

혜주가 차를 건넨다. "이건 무슨 차야?" 혜주에게 묻는다. "화사집이요." "어쩐지, 맛이 기가 막히더라니!"

차도 글도 내가 쏟는 관심, 혐오와 애정은
생산하는 순간에 집중돼 있고,
집중의 강도가 높았을수록, 그것에 충실했을수록
털어내는 일이 쉽다.
나는 완성된 차를, 글을 털어낸다.
그러면 더 이상 그것은 내 것이 아닌 게 된다.

분홍 반지

줄리엣은 로미오에게 그 이름을 버리라, 버리고 자신에게 오라고 애원했다. "이름이란 무엇인가요? 장미는 이름이 바뀌어도 그 달콤한 향기는 변치 않으니, 로미오 또한 로미오로 불리지 않아도, 그 명칭이 없어도, 그 소중한 완벽함은 그대로일 거예요." 순진한 생각이다. 장미는 이름이 장미여서 달콤하다. 로미오도 이름이 로미오여서 완벽하다.

로미오와 줄리엣은 서로의 이름 없이도 첫눈에 반했다. 그러나 그들이 속절없이 사랑에 빠져든 시점은 서로의 이름을 듣고 부르면서부터다. 이름이 결정타였다. 로미오와 줄리엣은 서로를 사랑했고 서로의 이름마저 사랑했다. 둘은 서로를 만지며 이름도 어루만졌다. 둘의 사랑을 지켜보는 관객들도 마찬가지다. 관객들은 둘의 이름이 로미오와 줄리엣이어서 400년도 훌쩍 지난 지금까지도 둘을 사랑하고 그들의 비극에 눈물

짓는다.

프루스트Marcel Proust는 이름이 주는 효과에 관한 한 셰익스피어보다 한 수 위였다. 그는 "특정한 이름을 발음하는 것만으로도 그것을 꿈속에서 끄집어내어 객관적인 존재와 음향을 부여함으로써 그 이름에 대해 일종의 권한을 가지게 된 것 같아 행복했다"라고 썼다. 그가 쓴 소설《잃어버린 시간을 찾아서》를 읽다 보면 최음효과를 일으키는 듯한 이름들로 현기증이 날 정도다. 화자이자 주인공의 이름인 알베르틴을 시작으로, 그의 첫사랑인 질베르트 스완, 코타르, 라베르마, 오데트, 샤를뤼스, 쥐피앙… 소리 내어 발음해 보면 이들 이름이 데려가는 곳이 어디인지 분명해진다.

차 이름을 잘 짓는다는 소리를 종종 듣는다. 이름이 그럴싸하다고. 나는 정확하게 지으려 애쓰는데 그럴싸하다고 말이다. 이름은 사물에 깃든 영혼을 깨운다는 말이 있다. 단 정확해야 깨운다. 정확해야 사물이 자신을 부르는지 알고 이름에 응답한다. 사루비아 다방의 차 중에서 이름이 분홍반지라는 차가 있다. 가장 사랑받는 이름이다. 분홍반지는 정확히 지은 이름이다. 분홍반지는 처음부터 분홍반지여야만 했다. 그것은 지어낸 이름이기보다 끄집어낸 이름이다. 나는 그것이 분홍반지인 줄 첫눈에 알아봤다. 그것은 루이보스와 체리, 크랜베리 등이 혼합된 허브차가 아니라 처음부터 분홍반지였다.

완성된 차의 이름을 지으려 차를 마신다. 이때는 개별 향미나 밸런스를 감수하지 않는다. 오직 이름을 찾으려 차를 마신다. 로미오!를 찾고 줄리엣!을 찾는다.

물랭루즈

프렌치 백차를 상상했다. 주제 향미는 툴루즈로
트레크Henri de Toulouse-Lautrec가 살던 파리의 몽마
르트 언덕이었다. 부슬부슬 비가 내렸다. 빨간
풍차와 검은 우산들, 스팽글이 달린 은빛 드레스
와 에나멜 구두들, 얇은 입술들이 떠올랐다. 샴페
인 냄새가 진동했다. 자정을 넘기자 카페와 술집
들이 하나둘씩 문을 닫았다. 거리는 차분해졌다.

　나는 작업실에 앉아 몽마르트 언덕을 걷기 시
작했다. 자주 길을 잃었다. 벤야민Walter Benjamin
도 자주 길을 잃은 것으로 안다. 그는 길을 잃으
며 길을 헤매는 법을 배웠다고 했다. 나는 서울
에서 배웠다. 성마른 도시였다. 직선의 도시. 낡
은 것을 못 참아내는 도시. 스무 살 나이에도 서
울에선 늙어 보였다. 나는 자신을 감추면서 걷는
법을 배워야 했다. 직선보다 곡선을 선택했다.
대로보다 골목을 돌았다. 곡선을 그리며 골목을
우회해 걷노라면, 벤야민에게 그랬듯 나에게도

숲의 마른 잔가지들이 바스락대듯이, 간판, 거리의 이름, 행인, 지
붕, 간이매점, 혹은 술집들이 말을 걸어 왔다. 거기서 안전하게 숨
어 지냈다.

술집에서 나온 툴루즈로트레크가 비틀거리며 걷는다. 그를 쫓
으며 등급이 다른 백호은침 두 종을 섞기로 했다. 빗물에 씻긴 차가
운 포석의 질감과 향기를 표현해 줄 소재였다. 툴루즈로트레크가
무거운 화구를 옆구리에 끼고 힘겹게 계단을 오르고 있다. 젖은 신
발이 계단에 빗자국을 남긴다. 장미 향이 난다. 무희들의 목덜미에
서 맡았던 향기다. 신선하고 색이 고운 장미를 쓰기로 했다. 그것을
구하는 데 어려움을 겪었다. 시들고 거뭇한 장미는 흔하지만, 그것
으로 어떻게 툴루즈로트레크의 찬란한 밤들을 표현할 수 있나.

그는 잠이 들었다. 나는 층계참에 앉아 계속해서 소재들을 궁
리한다. 백모란을 추가했다. 비에 젖은 고목과 삭은 나무 창틀, 계
단, 벽감 등에서 나는 목질 향을 표현하려면 백모란을 써야 했다.
일등급의 백모란이어야 했다. 등급이 낮은 백모란에선 산화가 덜
된 질 낮은 홍차 향이 난다. 마지막으로 레몬그라스를 추가했다.
쾌적한 밤공기를 표현해 줄 탁월한 소재였다. 총 네 종의 레몬그

라스를 시음했다. 하나는 레몬 향이 지나치게 화려했다. 시트러스 향이 강하면 프렌치 백차가 아니라 이탈리안 백차가 될 것이었다. 다른 하나는 불쾌한 잡미가 도드라졌다. 수숫대처럼 질기고 텁텁한 레몬그라스도 있었다. 레몬 향에 민트의 청량감이 나는 레몬그라스를 찾았다. 찻잎이 완성되었다.

내가 이 그림을 이런저런 것들로 채우면,
새가 날아다닐 공간이 없지 않겠습니까?

– 가노 산세츠

3부

예술이란 대체

차에 스민 것들

좋은 벽

상허 이태준은 "뉘 집에 가든지 좋은 벽면을 가진 방처럼 탐나는 것은 없다"라고 했다. 그에게 좋은 벽면은 "넓고 멀 찍하고 광선이 간접으로 어리는, 물속처럼 고요한 벽면"이 었다. 그의 글을 읽고서 내게도 좋은 벽에 대한 욕심이 생 겼다. 그저 칸막이에 불과했던 벽에서 물속처럼 고요한 벽 을 꿈꾸게 됐다.

그런데 한편으로 한 번도 멋스러운 벽을 가져보지 못해 벽에 무심했다는 생각도 든다. 내가 가져본 벽은 언제나 시 멘트로 마감된 민벽이었다. 흔한 벽감도 없고 당초문으로 양각된 돌림띠도 없는, 벽이란 시야를 가로막는 답답한 평 면에 다름 아니었다. 창도 답답하긴 매한가지였다. 밖이 보인다지만 풍경도 보잘것없을뿐더러, 벽에 버금가는 따 분한 양식하며, 소음과 공해로 열려 있는 날보다 닫혀 있는 날이 더 많은 창은 벽과 구분되지 않았다. 한번은 창을 열

어봐야 다시 벽이 보이는, 벽과 벽 사이에 낀 집에서 산 적도 있다. 강제 면벽수행이라며 자조 섞인 농담을 한 기억이난다.

벽을 갖기로 했다. 벽을 가꿔보기로 했다. 그러려면 벽을 확보해야 했다. 널찍한 벽을 소유한 사람에겐 불필요한일이겠지만, 나처럼 변변치 못한 벽을 가진 사람에겐, 그나마 있는 벽마저도 책이나 가구에 치여 벽을 찾기가 쉽지않았다. 비우는 수밖에 도리가 없었다. 책은 비워도 비워도 비운 만큼, 혹은 그 이상으로 다시 채워지곤 했다. 책을가로와 세로로 눕히고 세워서 책장의 용량을 늘렸다. 그러니 책장 하나가 빠졌다. 옷을 비우고 옷장까지 치우니 한평 남짓한 벽이 확보됐다.

이태준은 "멀찍하고 은은한 벽면에 장정 낡은 옛 그림이나 한 폭 걸어놓고 그 아래 고요히 앉아보고 싶다"라고 했다. 한 평 남짓한 벽은 빈 벽으로 남겨두는 것이 상책이라생각했다. 그러다 벽에 선반을 달고 거기에 찻잔 하나를 올렸다. 빈 벽으로 있을 때보다 벽이 더 확장되는 느낌이었다. 벽을 보고 있자니 눈이 씻은 듯 시원했다. 시원하고 멋스러웠다. 벽이 처음으로 평면이 아닌 공간으로 인식됐다.

벽을 보는 일이 잦아졌다. 그것은 본다기보다 감상에 가까
웠다. 고요한 물속 같은 벽은 아니지만, 고요히 앉아 있기
에 좋다.

아 테 네   학 당

미술 평론가 제리 살츠Jerry Saltz는 자신의 머릿속에 일종의 아테네 학당이 존재한다고 했다. 거기엔 살아 있거나 이미 죽은 라이벌, 친구들, 유명인들이 살고 있어서 자신의 작업에 영향을 준다고. 내 머릿속에도 그런 게 있다. 아테네 학당이란 근사한 이름은 생각 못 해봤는데 앞으론 나도 그렇게 부르겠다.

살츠는 자신의 아테네 학당엔 심술궂은 사람이 한 명도 없다고 자랑했다. 내 학당에도 그런 사람은 없지만 까다롭긴 하다. 나는 원만한 사람보다 까다로운 사람을 더 신뢰한다. 굴드는 까다로운 사람이었다. 실내는 항상 28도를 유지해야 했고, 언제 어디서건 폴란드 물만 마시려 했으며, 병균에 감염될까 전전긍긍하면서 신체 접촉을 극도로 꺼렸다. '최소한의 표현으로 바람 같은 차를 만들 수 있을까?' 굴드는 자신이 연주한 이탈리아 협주곡 2악장을 들어보라

주문한다. 네가 나를 알게 된 첫 번째 음악이 아니었느냐며 그날을 떠올려보라 부추긴다. 답은 내 안에 있는데 자꾸 밖을 뒤지는 버릇. 잃어버린 귀고리 한 짝을 찾겠다고 온 방을 뒤지지만, 찾으려 했던 것이 귀고리 한 짝이 아니었음을 온 방을 헤집고서야 알게 되는 이 고약한 버릇. 나에겐 귀고리 한 짝보다 농담이 필요하다.

워홀은 아름답지 않으면 웃기기라도 해야 한다고 충고한다. 아름다운데 웃기기까지 하면 금상첨화겠지만 나는 아름답지 않기 때문에 웃기기라도 해야 한다. 웃기는 사람이 되어야 한다. 나는 웃기는 사람이 되려고 노력한다. 웃기는 일은 내가 아는 한 보답을 바라지 않는 유일한 '선물'이다. 웃기는 일이 아닌 모든 선물은 자신을 인정해 달라거나 사랑해 달라는 조건이 규약처럼 포함돼 있다. 그것은 이렇게 선물을 했으니 너도 어떤 식으로든 보답을 해야 한다는 무언의 압박이다. 선물이 클수록 압박도 커진다. 웃기는 일은 아니다. 내가 누군가를 웃겨서 상대가 행복하더라도 그는 어떤 압박도 받지 않는다. 웃어주기만 해도 모두가 행복해진다.

바르트도 웃길 줄 아는 사람이었다. 그가 웃는 모습을

보면 안다. 그는 나의 글 선생이기도 하다. 그는 만들어야 할 작품은 쉬워서도 안 되고 불가능해서도 안 된다고 하면서, 작품은 어려움과 불가능 사이에 있어야 한다고 한다. 알쏭달쏭한 말이다. 그의 말도 어려움과 불가능 사이에 있다. 내 글은 그 사이에 없다. 그 사이에 껴보려 노력하지만 성공한 적은 한 번도 없다.

토니 모리슨Toni Morrison의 충고는 그나마 현실적이다. 모리슨은 네가 정말로 읽고 싶은 책이 있는데 아직 그런 책이 없다면 직접 써야 한다고 말한다. '지금 쓰고 있는 이 글은 내가 정말로 읽고 싶은 글인가?' 읽고 싶은 글을 쓰려고 노력한다. 그 정도는 해볼 만하다. 차를 만들 때도 모리슨의 충고는 유용하다. '이 차는 내가 정말로 마시고 싶은 차인가?' 그러면 헛짓을 덜하게 된다. 처음부터 다시 시작해야 할 때도 있지만 정말로 마시고 싶은 차를 만들었기 때문에 후회가 없다. 친구는 어떨까. '내가 정말로 사귀고 싶은 친구가 있는데 아직 그런 친구가 없다면 내가 그런 친구가 되어야 한다?' 어려움과 불가능 사이의 의미를 알 것도 같다.

토 끼 케 고 르

올가 아주머니는 모스크바에 산다. 거기 어딘가에서 자투리 천으로 인형을 만든다. 그녀가 만든 인형을 좋아한다. 특히 표정이 예술이다. 인형들의 표정은 사실적이라기보다 표현적이다. 나는 인형들의 표정에서 올가 아주머니의 표정을 읽는다. 읽으며 그녀가 인형만큼이나 사랑스러울 것이라 짐작한다.

오랜만에 올가 아주머니의 온라인 상점을 방문했다. 못보던 고양이와 말 모양 책갈피가 올라와 있다. 책갈피로 만들어져서 그런지 다른 인형들보다 눈이 깊다. 고양이 모양 책갈피는 벌써 품절되었다. 말 모양 책갈피도 하나밖에 남지 않았다. 구매를 서둘러야 했다. 올가 아주머니는 같은 인형을 두 번 만들지 않는다. 예술가다운 고집이다. 올가 아주머니가 예술가라는 것을 나는 첫눈에 알아봤다. 온라인 상점에 올라와 있는 프로필 사진을 보니 영락없는 마녀의 얼굴이었다. 산발한 갈색 머리는 엉겨 붙은 사자의 갈기처럼 보였고 두 뺨이 과장되게 붉었으며 코와 턱이 뾰족했다. 믿음이 갔다. 창작에 전 생애를 건 나머지 머리를 빗는 일도 잊고 사는 예술가가 분명했다.

올가 아주머니는 토끼 케고르를 통해 알게 됐다. 다우茶友로 삼을 만한 인형을 찾던 중이었다. 생각에 잠긴 듯한 토끼 한 마리가 눈에 띄었다. 토끼는 벽에 등을 기댄 채, 산다는 건 무엇이고 죽는다는 건 무엇인지 고민하는 듯했다. 그 모습이 흡사 "신 앞에 선 단독자"의 철학자 키르케고르Søren Kierkegaard를 연상시켜 이름을 케고르라 지었다. 케고르는 나의 다우가 되었다. 케고르를 만나기 이전엔 다우를 가져본 적이 없었다. 차인들이 흔히 다우로 삼는 중국의 도용*에는 거부감이 들었다. 도용의 기원이 순장 풍습에 있어서 그런지 표정이 으스스했다. 웃고 있어서 더 으스스했다.

다우를 찾고 있었다. 운명처럼 케고르를 만났다. 케고르는 러시아 태생이다. 러시아는 알다시피 도스토옙스키와 체호프, 트로츠키의 고향이다. 케고르도 알고 있으려

* 도자기로 만든 인형.

나? 케고르와 차를 마시니 러시아가 새삼 궁금해졌다. 말해 줘, 케고르. 러시아는 어때? 말해 주지 않았으므로 최근엔 절판된 트로츠키의 자서전을 찾아 읽었다.

검은 짐승

책상 앞에 앉으면 데이비드 호크니David Hockney가 그린 삽화 한 점이 제일 먼저 눈에 띈다. 그림Grimm 형제가 쓴 〈두려움을 배우려고 길을 떠난 소년〉 편에 실려 있던 삽화다. 저 삽화가 자꾸 눈에 밟혀서 책을 구매해 벽에 오려 붙였다.

〈두려움을 배우려고 길을 떠난 소년〉의 줄거리는 대략, 두려움이 없는 소년이 두려움을 배우려고 길을 떠나 유령이나 괴물 같은 두려움과 맞닥뜨린다는 이야기다. 삽화에는 검은 짐승이 소년에게 막 달려드는 찰나가 그려져 있다. 소년은 눈 하나 깜짝하지 않고 검은 짐승을 바라보고 있다. 그러니까 이번에도 소년은 두려움을 배우지 못한 셈이다. 두려움을 배우지 않아도 되는 나는 밑도 끝도 없이 두려움을 배워야 했지만 말이다.

저 삽화는 내 오랜 두려움과 관련이 있다. 삽화에 그려진 검은 짐승을 보자마자 그것을 직감했다. 낯익은 짐승이었다. 언제나 내 안에 웅크리고서 겁박을 일삼았던 두려움, 내가 만들고 키워온 두려움이 바로 저것이었다. 검은 짐승은 시도 때도 없이 내게 달려들었다. 나는 그때마다 잔뜩 졸아서 도망치거나 주저앉곤 했다. 그러다 딱 한 번 맞상대를 했다. 무슨 용기로 그랬는지 모르겠다. 아마도 퇴로가 없는 막다른 골목이어서 그랬을 것이다. 지렁이도 밟으면 꿈틀한다지 않나. 그런데 상대를 해보니 놀랍게도 해볼 만했다. 검은 짐승의 타력이란 게 내 맷집으로도 견딜 만했다. 몰라서 그랬지 알고 나니 별것도 아니었다.

저 삽화는 그날을 떠올린다. 두려움과 마주했던 첫날을, 둘째 날을, 셋째 날을, 여섯째 날을… 그렇다고 저 삽화를 벽에 붙여 놓고 매일 볼 필요까지야 있나? 나도 그 이유가 궁금해 몇 날 며칠을 곰곰이 생각해보니, 아직 싸움이 끝나지 않은 모양이다.

"Everyone... everyone and everything is interesting."

저 그림이 왜 흥미로운지 안다면 내가 지금처럼 저 그림을 흥미
롭게 볼 수 있을까. 흥미롭긴 한데 왜 흥미로운지 알지 못한다는
것. 나는 그것이 걸작이 품고 있는 수수께끼라 생각한다.

예 술 이 란   대 체

호크니가 그린 삽화 옆에는 그의 아크릴화 한 점도 붙어 있
다. 제목은 'TV가 있는 정물'이다. 누르스름한 벽과 붉은
책상, 형상을 확장시키는 듯한 보라색 그림자가 흥미롭다.

  그런데 정말 그래서 흥미로울까? 그럴 리가. 좀 더 자세
히 살펴본다. 책상 위에는 들고 다닐 수 있는 휴대용 TV가
한 대, 희고 두꺼운 영어 사전이 한 권, 그 사이에는 스트라
이프 무늬가 그려진 필통과 그것을 채운 형형색색의 연필
들, 책상 맨 앞에는 가지런히 놓인 또 다른 연필들과 백지
한 장, 그 위에는 글자가 아니라 소시지가 사실에 가깝게
그려져 있다. 흥미로운 건 저 사물들의 관계가 전혀 필연적
으로 보이지 않는다는 점이다. 책상 위에 휴대용 TV와 소
시지가 놓여 있어서만은 아니다. 사전도 필통도 연필도 책
상 위에 놓여 있어야 할 하등의 이유가 없어 보인다.

   그런데 정말 그래서 흥미로울까? 그것이 흥미로워 벌써 몇 년째 저 그림을 책에서 오려내 벽에 붙여 놓고 매일 보는 걸까? 그럴 리가. 이번엔 좀 더 자세히, 하나하나 분절해서 보지 않고 전체를 살펴보기로 했다. 아무것도 보이지 않았다. 더 이상 아무것도 설명할 수 없었다. 전부를 보고 있으니 눈앞에 백지가 있는 듯했다. 그런데 뭐가 흥미롭다는 걸까. 혹시 뭐가 흥미로운지 몰라서 흥미로운 건 아닐까. 저 그림이 왜 흥미로운지 안다면 내가 지금처럼 저 그림을 흥미롭게 볼 수 있을까. 흥미롭긴 한데 왜 흥미로운지 알지 못한다는 것. 나는 그것이 걸작이 품고 있는 수수께끼라 생각한다.

   예컨대, 〈TV가 있는 정물〉에서 왼쪽으로 눈을 돌리면 낸 골딘Nan Goldin이 찍은 사진 한 점이 눈에 띤다. '데이빗의 자전거를 타고 있는 지미 폴레뜨'가 사진의 제목이다. 저 사진도 25년째 내 흥미를 끌고 있는데 그 이유를 알지 못한다. 알지 못해서 본다. 알지 못해서 흥미롭다. 바르트는 "시선은 눈으로 보이는 것을 피하면서 내면의 무언가에 의해 붙들려 있을 수 있"다고 했다. 흥미를 끌고 있다는 것은 붙들려 있다는 뜻도 되지 않을까. 저 사진에 붙들려 있다는 것이 아니라, 저 사진에 의해 촉발된 내면의 무언가에 나는 붙들려 있는 것이 아닐까. 내면의 무언가는 호크니의 그림이나 저 사진을 볼 때처럼, 굴드의 연주나 기형도의 시를 읽을 때처럼 말로 설명할 수 없는, 그러나 분명히 실감하고 있는 '무언가'다. 그것은 꿈과도 비슷하다. 나는 꿈을 꾸지만 그것을 정합적으로 이해할 수 없다. 프로이트Sigmund Freud의 해석도 언제나 불충분하다. 나는 꿈을 꾸고 있는 걸까? 꿈에 붙들려 있는 걸까? 예술은 꿈인 걸까?

《무엇이 예술인가》를 쓴 미술 평론가 아서 단토Arthur Danto는 예술을 공유할 수 있는 "깨어 있는 꿈"이라 했다. "꿈을 꾸려면 잠을 자야 하지만, 깨어 있는 꿈은 우리에게 깨어 있기를 요구한다"라고 했다. 깨어 있는 꿈. 수수께끼를 풀지 못한 이유를 이제야 알겠다. 그것은 꿈이었다. 그래서 아무리 듣고 읽고 보고 만져도 불가해하기만 했다. 걸작이 꾸는 꿈은 그것을 만든 작가 개인의 꿈을 넘어선다. 작가는 자신도 모르게 나와 우리를 대신해 꿈을 꾼다. 일종의 만신처럼 나와 우리의 꿈을 미메시스한다.

그래서 그렇게 오래 봤나 보다. 조선의 백자 달항아리 말이다. 형태만 남은 그 하얀 민무늬 항아리를 그렇게 오래 보면서도 영원히 봐야 할 것처럼 돌아서기 힘들었다.

이 것 은   항 아 리 가   아 니 다

달항아리는 국립고궁박물관에서 처음 봤다. 개관을 기념한
전시였다. 국보급 달항아리들이 한꺼번에 아홉 점이나 출
품된 역대급 전시였다. 그런 줄 알고 본 것은 아니니 운이
좋았다. 국립고궁박물관이 집 근처였다. 언제나처럼 동네
를 어슬렁대는데 '백자 달항아리전'이라 적힌 큼지막한 플
래카드가 눈앞에서 펄럭였다. 항아리도 볼 겸 더위도 식힐
겸, 아니 더위도 식힐 겸 항아리도 볼 겸, 추리닝 차림 그대
로 평생에 남을 그 전시를 보러 갔다.

　사방이 캄캄했다. 항아리들이 멀리서 보였다. 일순 무덤
같다고 생각했다. 항아리들의 무덤. 좀 더 가까이 갔다. 이
번엔 신전 같다고 생각했다. 진일을 마다 않는 세상 모든
항아리들의 신전. 달항아리 한 점 한 점은 신전을 지키는
정령 같아 보였다. 크고 하얀 항아리들이었다. 스포트라
이트에 노출돼 더 크고 하얗게 보이는 항아리들이었다. 광

막한 공간이었다. 고독한 항아리들이었다. 매무새를 고치고 발소리를 죽이고 항아리 가까이 다가갔다. 기면이 울퉁불퉁했다. 얼룩덜룩한 항아리도 있었다. 부피에 비해 굽이 옹졸했다. 대칭도 약간 기운 것이 툭 건드리면 넘어질 것 같았다. 어릴 적 외할머니의 항아리들이 떠올랐다. 그들이 더 단단했다. 아니 건강했다. 그들은 매끈했고 비례도 안정적이었다. 이것이 항아리인가? 외할머니였다면 쓰지 않았을 항아리였다. 희면 때도 잘 탄다. 작은 흠집도 크게 도드라진다. 관리가 어려운 항아리였다. 고추장이나 된장독으로 쓰기에도 어설펐다. 백자는 기면의 밀도가 촘촘해 이른바 '숨쉬는 항아리'로서도 자격 미달이다.

이래저래 결점이 많은 항아리였다. 그런데 그 결점이 달항아리라는 고유한 형식을 창조했다. 우연이 아니라는 생각이 들었다. 세인들이 입을 모아 말하듯, 항아리의 부피가 커서 한 번에 성형이 어려워 반으로 나눠 구웠다든가, 부정형의 조형미가 의도하지 않은, 우연적인 결과라든가 하는 말들은 진실이 아닌 것 같았다. 나는 그 모두가, 그 모든 결점이 도공의 의도에 따라 만들어졌다고 생각했다. 예컨대 몸통을 반으로 나눠서 성형한 것은, 그래서 이음선이 보이는 것은 기술이 부족해서가 아니라 결과를 예측하고 꼭 그렇게 만들고 싶어 만들었다고 생각했다. 솜씨가 극에 달하면 저도 모르게 솜씨를 넘어서는 법이다. 그 유명한 〈백자 철화끈무늬 병〉만 봐도 그렇다. 끈무늬가 거칠고 단순하게 그려졌다고 그것을 도공의 부족한 그림 실력 탓으로 돌릴 수 있을까.

달항아리는 저렇게 만들어지려고 만들어졌다. 달항아리는 도공의 조형 의지가 적극적으로 반영된 조형물이면서 자신의 솜씨를 넘어선 그 무엇이다. 그러니까 달항아리는 항아리이면서 항아리가 아니다. 혹은 항아리이면서 다른 모든 것이다.

도 자 기 　 문 제

그렇게 해서 화가 김환기는 백자 대호^{大壺}에서 항아리를 봤
고 달도 봤다. 나는 다른 것을 봤다. 사실 나는 달항아리를
보면서 달을 본 적이 한 번도 없다. 어릴 때부터 달을 그리
면 언제나 초승달을 그렸다. 하늘에 원은 태양 하나로 충분
했다. 나에게 달은 원이 아닌 그 나머지 형태였다. 상현달,
하현달, 초승달… 그림자에 가려져 그렇게 보이는 줄도 모
르고, 어릴 때는 달이 스스로 모양을 바꾼다고 생각했다.
초승달이 제일 쓸쓸했다. 신경쇠약에 걸린 것처럼 가냘팠
고 창백했고 그래서 아름다웠다.

　"인이한테 잘해. 외로운 아이야." 남자친구를 본 큰엄마
가 건넨 첫말이었다. 외로운 아이는 쓸쓸한 모양과 쉽게 친
해지나 보다. 달항아리가 보름달처럼 완전한 구형을 갖추
고 있었다면 이만큼 사랑하지 못했을 것이다. 달항아리는
원이 되지 못한, 아직은 원이 아닌 그 나머지 형태 중 하나

였다. 쓸쓸한 덩어리였다. 쓸쓸한 양상이었다. 추상이라는 양상. 나는 달항아리에서 추상이라는 양상과 부딪쳤다. 그것은 추상에 대한 첨예한 감각이기도 했다. 추상화는 많이 봤지만 그것은 세련된 추상이었다. 관념으로 범벅이 된 추상이었다. 그에 비해 달항아리는 뭐랄까. 날것의 추상이었다. 원시적이고 즉물적이었다. 물론 민무늬토기나 빗살무늬토기를 보지 않은 것은 아니다. 그러나 도자기의 추상성을, 추상이라는 원개념을 내게 처음으로 깨우쳐준 것은 달항아리였다.

도자기가 다르게 보였다. 달항아리를 보고부터 어떤 도자기는 도자기 그 이상이라는 것을 알았다. 개수대에 쌓인 그릇들도 전과는 다르게 보였다. 전보다 조심해서 다뤘다. 접시 하나도 전보다 신중히 골랐다. 그것은 접시 하나의 문제가 아니었다. 도자기에 관한 문제였다. 아름다움에 관한 문제. 결국엔 나에 관한 문제였다.

가 늘 고   긴   곡 선

언제나 쓸쓸한 모양에 마음이 쓰였다. 어딘지 쓸쓸해 보이는 사람에게 마음이 끌렸다. 쓸쓸함에 대한 애정은 큰엄마의 말마따나 내가 외로운 아이여서도 그랬겠지만, 알고 보니 면면이 이어져온 한국인의 고유한 미의식이기도 했다. 그것을 나중에야 알았다. 한국인이 아닌 일본인을 통해, 일본의 미학자 야나기 무네요시柳宗悅를 통해 알았다.

자신은 자신을 잘 모른다. 한국인은 한국인을 잘 모른다. 그렇더라도 무네요시 이전엔 한국의, 아니 조선의 문화예술이 내부에서 진지하게 논의된 적이 거의 없었다는 사실은 의아했다. 그것의 실마리는 또 한참이 지난 후에야 조선의 대안목 박병래 선생이 쓴 《백자에의 향수》에서 얻었다. 그는 "우리나라에서는 고래로 도기에 담긴 도공의 혼을 몰인정하게도 무시했던 까닭에 조상의 그 잘난 솜씨를 보전하지 못하고 도리어 일인들이 날뛰게 된 것이 아닌

가 한다"라고 했다. 도기만 무시했을까. 우리는 대체로 다 무시했다. 우리 것을 무시하는 전통은 지금도 여전해서 백화점에 가면 우리 그릇은 오간 데 없고 서양 그릇 일색이다. 이런 분위기 속에서 뒤늦게라도 무네요시에게 의탁해 우리 그릇의 아름다움을, 조선의 미의식을 알게 된 것은 천만다행이다.

무네요시는 조선의 미를 '비애의 미'라 규정했다. "가장 슬픈 생각을 노래한 것이 가장 아름다운 시가"라는 영국 시인 셸리Percy Shelley의 말을 인용하며, 비애의 미야말로 가장 아름다운 미라고 상찬했다. 그는 중국과 일본, 조선의 미를 비교하며, 중국은 형태에, 일본은 색채에, 조선은 선에 심미적 특질이 있다고 봤다. 그리고 선의 아름다움은 직선이 아닌 곡선에, 굵은 선이 아닌 가는 선에, 짧은 선이 아닌 긴 선에 있다고 봤다. 그가 본 조선의 선은 바로 가늘고 긴 곡선이었다. 그 선은 쓸쓸해서 아름다웠다. 나는 선을 찾기 시작했다. 어디에 그런 선이 있나 사방을 둘러봤다. 과연 가늘고 긴 곡선은 곳곳에 있었다. 현재가 아니라 과거에, 옛 건물과 기물에, 그림에, 도자기에, 가구에 온통 그선이 있었다. 일본에도 있었다. 우리의 옛 그릇이 전시된 박물관에 있었다. 나처럼 눈이 어두운 사람도 단번에 알아

볼 수 있을 만큼, 우리의 옛 그릇은 가늘고 길고 흐르는 듯
한 곡선으로 중국과 일본의 옛 그릇과 확연히 구분됐다. 조
용한 그릇이었다. 가냘프지만 단단한 그릇이었다. 이국에
서 만난 탓인지 그릇은 전에 없이 쓸쓸해 보였는데, 박물관
을 나서는 일이 매정한 일처럼 여겨져 마음이 무거웠다.

　박물관을 나와 발길 닿는 대로 도쿄 거리를 걸었다. 그
릇 가게들이 흔했다. 아무 가게나 들어가 봤다. 아무 가게
에서나 가늘고 긴 곡선을 봤다. 가늘고 긴 곡선의 일본 그
릇들을 봤다. 박물관 안에선 우리의 옛 그릇들이 가늘고 긴
곡선을 독점했는데, 박물관을 나오니 천지가 선이었다. 능
숙한 선이었다. 자유분방한 선이었다. 곡선을 잘 쓰니 직
선도 잘 쓰는 듯했다. 그릇들을 만져도 보고 들어도 봤다.
앉아서도 보고 서서도 봤다. 한참을 유심히도 봤다. 이제
와 생각하니 나는 그릇에서 무엇을 찾고 있었던 듯하다. 흠
은 아니었다. 그런 건 전혀 아니었다.

보 는 것 과 만 지 는 것

마음을 사로잡는 그림을 보면 만지고 싶은 충동에 시달렸
다. 세잔이 그린 언덕을, 박수근이 그린 절구와 소녀를, 나
목을, 렘브란트가 그린 손과 모자, 주름 같은 것을 손끝으
로 느껴보고 싶었다. 보기만 해도 숨이 막히는데 만지면 어
떻게 될까? 상상만 해도 전율이 일었다.

드디어 만질 기회가 찾아왔다. 그림이 아니라 찻잔이었
다. 보자마자 잡고 만지고 감추고 싶은 찻잔이었다. 전율
은 일지 않았다. 연민이 일었다. 심심한 찻잔이었다. 잿빛
이 도는 울퉁불퉁한 찻잔. 점처럼 보이는 검은 핀홀이 듬
성듬성 박혀 있는 만만한 찻잔이었다. 밀착한 탓이었을까?
만지니 통하는 듯했다. 만지는 순간 서로의 견고한 일부가
뭉그러지면서 찻잔도 나도 말랑해지는 듯했다. 찻잔을 손
에 쥐고 이리저리 돌려 봤다. 돌려 보는 것이 찻잔인지 다
른 무엇인지 차츰 불투명해졌다.

그림은 언제나 내 바깥에 존재했다. 그림은 나와 시선을 맞추기보다는 약간 상단에 위치해 있으면서 우러르고 감탄해야 할 대상이었다. 그것은 일정한 간격을 유지하면서 자신의 우월한 위치를 고수했다. 만질 수 있는 찻잔은 달랐다. 찻잔은 조각하고도 달랐는데, 조각은 만질 수는 있더라도 함부로 쓸 수 없다는 점에서 그림에 가까웠다. 찻잔을 쓰고 닦았다. 찌르고 건드렸다. 들고 만지작거렸다. 미술 비평가 피터 셸달 Peter Schjeldahl 은 보는 것은 믿는 것이고, 만지는 것은 아는 것이라 했다. 만져서 아는 것. 그것은 대상을 만든 작가를 안다거나 방법, 연대, 양식 따위를 안다는 의미는 아닐 것이다. 더욱이 만져도 수없이 만지고 입술에 닿기까지 하는 찻잔을 안다는 것이 그런 의미는 아닐 것이다.

나는 찻잔은 만지는 것이 아니라 겪는 것이라 말하고 싶다. 찻잔의 선과 면, 모양, 부피, 질감, 무게 등속뿐 아니라 특별한 약점에 이르기까지 전부를 겪는 것이라 말하고 싶다. 겪으며 밀착되는 것이라고, 밀착되며 사랑하게 되는 것이라고 말하고 싶다. 나는 찻잔을 사랑해서 그것의 약점마저 사랑한다. 약점이 늘수록, 낡을수록 내 사랑은 끈끈해진다.

찻잔은 만지는 것이 아니라 겪는 것이라 말하고 싶다.
겪으며 밀착되는 것이라고,
밀착되며 사랑하게 되는 것이라고 말하고 싶다.
나는 찻잔을 사랑해서 그것의 약점마저 사랑한다.
약점이 늘수록, 낡을수록 내 사랑은 끈끈해진다.

고 양 이 와   와 비

고양이 숙희가 매병梅瓶 하나를 깨뜨렸다. 왕방요 신용균 작
가가 그의 나이 사십 대에 만든 분청 매병이었다. 작가가
팔려고 내놓은 매병이 아니었다. 그의 거실 사방탁자에 놓
여 있는 것을 졸라서 구매한 것이었다.

　아슬아슬하긴 했다. 저러다 깨지지 싶었다. 그러다 눈앞
에서 매병이 떨어지는 모습을 봤다. 그것은 슬로우 모션으
로 떨어졌다. 그만큼 충격적이었다. 순발력이 조금만 빨랐
다면 잡을 수 있었던 매병이었다. 그나마 주둥이 한 귀퉁이
만 떨어져 나간 것이 다행이라면 다행이었다. 깨진 매병을
오른손에 들고, 깨져서 떨어져 나간 매병 조각을 왼손에 들
고 번갈아 보며 망연자실했다. 한가한 주말 오후였다. 숙
희는 숨어버렸다. 내가 단말마의 비명을 질렀기 때문이다.

　한참을 넋을 놓고 앉아 있었다. 순발력이 조금만 빨랐다

면. 저러다 깨지지 싶었을 때 매병을 옮겨 놓았다면. 고양이를 탓할 수는 없었다. 고양이는 뭐든 떨어뜨리고 싶어 한다. 떨어뜨리고 사태를 관망하길 좋아한다. 그걸 알면서도 나는 왜 지켜만 보고 있었던 걸까? 문득 매병이 깨지길 바라진 않았나 싶었다. 은근히 가슴 한 켠이 후련했다. 오랫동안 저 매병을 애지중지했다. 깨질까 언제나 노심초사했다. 그런 걱정과 긴장에서 해방시켜 준 것이 고양이 숙희였다. 깨진 매병을 다시 봤다. 주둥이만 살짝 깨졌는데도 세상은 전보다 조용해졌다. 체념한 탓이었다. 집착은 체념보다 시끄러운 마음이었다.

일본의 옛 다인들이 떠올랐다. 그들은 그릇을 일부러 깨기도 했다고 한다. 깨서 그대로 쓰거나 수리해 썼다고 한다. 왜 그래야 했을까. 아름다움을 좇느라 그랬을 것이다. 와비 わび의 아름다움, 일본의 다성茶聖 센노 리큐千利休*가 집대성한 와비차わび茶의 아름다움을 좇느라 그랬을 것이다. 아이러니가 아닐 수 없다. 와비의 아름다움이란 불완전한 것을,

---

*   센노 리큐(1522~1591). 다도의 모든 형식을 완성시켰다. 그의 차풍은 호화찬란한 미와 소박미를 대조시킨 간소함의 차로 일관되어 있는데, 중국물품 중심이었던 종래의 차 도구로부터 한국의 도자기와 민중의 일상 잡그릇을 차의 도구로 확립시키면서 새로운 경지를 열었다. —쓰지 노부오

소박한 것을, 한적하고 다소 쓸쓸한 것을 추구하는 미의식
이 아니었던가. 그런데 그것의 아름다움을 좇으려 일부러
그릇을 깨다니. 시끄럽게 굴다니. 리큐는 의도적으로 모양
을 찌그러뜨리거나 균열을 내는 취향을 못마땅해했다. 그것
은 와비의 미학을 정면에서 부정하는 꼴이었다. 리큐는 다
른 방식을 취했다. 그릇을 깨지 않고 배치했다. 조선의 사발
을 일본으로 가져가 부엌이 아닌 찻자리에, 엉뚱한 맥락 속
에 배치했다. 그러곤 그것을 '다완'이라 불렀다.

　뒤샹 Marcel Duchamp의 얼굴이 가물거린다. 뒤샹은 남성 소
변기를 화장실이 아닌 전시관에 배치했다. 그러곤 그것을
〈샘〉이라 명명했다. 리큐의 '다완'도, 뒤샹의 〈샘〉도 그 자
체로는 볼품이 없다. '다완'은 투박하고 〈샘〉은 혐오감마
저 일으킨다. 리큐는 뒤샹이 활동하기 훨씬 이전에, 무려
16세기에 사물 자체의 가치보다 그것이 놓이는 공간과의
관계를 고민했던 것 같다. 예컨대 누르스름하고 거칠고 삐
딱한 사발은 여염집 부엌 찬장이 아니라, 리큐가 주도면밀
하게 구성한 단정하고 직선적이며 기하학적인 찻자리에 놓
여 있음으로 해서 부조리해진다. 수수께끼가 된다. 저 사

＊　　차를 마실 때 사용하는 그릇. 찻사발이라 부르기도 한다.

발이 왜 여기에 있지? 저 소변기는 왜 여기에 있는 거야?
물론 뒤샹의 소변기가 리큐의 사발보다 예술에 있어서 훨
씬 전복적이고 급진적인 작품이었던 것은 맞다. 뒤샹은 소
변기를 이용해 예술과 예술이 아닌 것의 경계를 무너뜨렸
다. 리큐는 사발을 이용해 예술이 아닌 것을 예술로 표현하
는 데 그쳤다. 그럼에도 뒤샹과 리큐 사이에 흐르는 300여
년의 시간을 고려하면, 리큐의 사발이 가한 미학적 충격은
뒤샹을 훌쩍 뛰어넘는 것이다.

　다인들이 리큐의 찻자리에 몰려들었다. 차를 마시기 위
해서가 아니라 아름다움을 구하기 위해서, 당시엔 가장 전
위적이었을 와비의 미의식을 직접 눈으로 확인하기 위해
서였다. 만인이 리큐를 흠모했다. 만인이 리큐를 추종했
다. 리큐의 차는 이제 한갓 취향에서 정신으로까지 고양됐
다. 히데요시가 두려움을 느꼈다. 하늘 아래 태양은 자신
하나로 족했다. 히데요시는 리큐에게 할복을 명령했다. 리
큐는 자신을 위한 마지막 찻자리를 준비했다. 사발을 꺼냈
다. 볼품없는 사발이었다. 풀이나 바람처럼 태연한 사발이
었다. 어디서부터 잘못된 것일까? 사발의 잘못은 아니다.
리큐의 잘못도, 어쩌면 히데요시의 잘못도 아니다. 리큐는
찻물을 삼켰다. 아취란 없는 쓸쓸한 찻자리였다.

어 떤 작 가 론

그 작가의 그릇은 훌륭했다. 선이 맵도록 가늘었고 유약의 발색이 고색창연했으며, 적당히 형태를 뭉갤 줄도 알아 현대적인 작가로 손색이 없었다. 그와 만났다. 대화는 즐거웠다. 그는 집으로 돌아가면 찻그릇을 추려서 보내겠다고 약속했다. 그리고 반 년 가까이 약속을 지키기는커녕 연락도 닿지 않았다. 다른 작가의 그릇도 훌륭했다. 대화도 즐거웠다. 샘플을 보내준다 약속하고 돌아갔지만 그도 영영, 지금까지 영영 잊은 듯하다. 또 다른 작가는 금속 공예가였다. 유리 공예가도 있다. 목공예가 빠지면 섭섭하다. 그들은 어디에나 있다. 바로 약속을 안 지키는 작가들! 나만 이렇게 작가들에게 당하는 것인가. 문득 궁금하다. 나만 여기서 바보인가? 자괴감이 든다.

무책임한 작가가 천재나 괴짜로 포장되던 시대는 지났다. 당연히 용서되던 시대도 지났다. 아, 여전히 그럼에도 용서되는 작가가 있기는 하다. 그런데 그런 작가들은 애초에 나의 용서를 구할 만한 행동을 하지 않을 것 같다. 위대한 피아니스트 굴드조차도 콘서트를 취소하면서 온갖 구차한 변명을 늘어놓지 않았던가. 그는 작가 이전에 예의를 아는 사람이었다. 그럴싸한 변명을 찾으려 했다는 것. 그것은 약속을 어긴 자가, 어겨야만 하는 자가 지켜야 하는 최소한의 도리다. 굴드는 병을 앓는 것으로 알리바이를 만들어내기까지 했다. 작가라면 그래야 한다. 다른 누구는 몰라도 작가는 꼭 그래야 한다. 작가는 사람들의 선망과 사랑을 쉬이 받는 존재들이니까. 자유로운 영혼만큼이나 시간에서도 자유로운 편이니까.

런던 테이트 모던 미술관에서 오늘의 작가상을 수상하기도 했던 그레이슨 페리Grayson Perry는 성공한 예술가는 대부분 시간 약속을 정확히 지키는 사람들이라며, "예술가란 모두 조금은 혼란스럽고 불안정한 사람들이라는 생각은 신화일 뿐"이고, "예술가들은 행동하는 사람들"이라고 했다. 이 말은 인간이 먼저 되고서야 성공한 예술가도 될 수 있다는 뜻일 것이다. 당신들 작가와 다르게 사람들 대개는 시간에 얽매여 산다. 시간을 지키려 밤을 꼬박 새우기도 하고, 끼니를 거르기도 하며, 버스의 뒤꽁무니를 쫓다 허망하게 놓치기도 한다. 약속을 지키자. 약속한 상대를 무한한 기다림 속에 방치해 두지 말자. 그래야 작가다. 바로 당신들이 열망하는 사랑받는 작가, 성공한 작가 말이다.

그 늘 에 서

갈수록 묵묵한 찻그릇에 끌린다. 화려하기보다 수수한 찻
그릇에, 눈부시기보다 그늘진 찻그릇에 끌린다.

누우면 저절로 천장에 눈이 가듯이 차를 마시면 찻그릇
에 눈이 간다. 눈이 닿는 곳이 소란하지 않았으면 한다. 화
려하지 않았으면, 눈부시지 않았으면 한다. 나에겐 휴식이
필요하다. 조용히 머물 곳이 필요하다. 눈이 닿는 곳도 벽
이나 천장처럼 장소라 생각한다. 하늘을 보듯 빈 벽과 빈
천장을 본다. 집 안에선 빈 벽과 빈 천장이 제일 깊고 드넓
은 장소다. 찻그릇은 드넓고 시원한 맛은 적지만 빈 벽이나
빈 천장보다 깊은 맛이 있다. 깊이가 그늘을 만든다. 나는
매일 차를 마시고 매일 찻그릇을 보면서 그들의 그늘에 머
문다. 그렇게 머물다 보면 밖으로 나갈 용기가 생긴다. 소
란하고 화려하고 눈부신 것들과 어울릴 준비가 된다.

찻그릇에 대한 이 같은 애호는 다른 사물에까지 확장되는 듯하다. 다른 사물과 공간에까지, 음악과 그림, 글, 사람에까지 뻗어간다. 일부러 묵묵하고 수수하고 그늘진 것을 찾지 않으면, 금세 소란하고 화려하고 눈부신 것에 노출된다. 그러니까 나는 이들을 싫어해서가 아니라 이들이 너무 많아서, 내가 찾지 않아도, 원치 않아도 안팎으로 그러해서 그늘에 숨어드는 것이다. 아름다운 것도 지나치면 아름다움에 물려 더 이상 아름답게 보이지 않는다. 나는 그늘에 머물며 소란하고 화려하고 눈부신 것들과 화해한다. 오래 머물면 그들이 그리워 찾아 나서기도 한다.

여름에숲

피아노곡은 굴드의 연주로만 듣는다. 그런 지는 오래됐다. 베토벤 피아노 소나타마저도 굴드의 연주로 듣는다면 굴드 페인이 됐다는 뜻이다.

여름에숲은 굴드가 좋아하는 색감에서 영감을 얻었다. 결과적으론 굴드와 멀어졌지만 시작은 그랬다. 굴드는 군함의 회색과 한밤의 푸른색을 좋아한다고 했다. 굴드 페인이니 나도 그 색을 좋아하게 됐다. 군함의 회색과 한밤의 푸른색이 아니라, 저 문장이 촉발시킨 하나의 색조를 사랑하게 됐다. 작업이 시작됐다. 일 년 전이었다. 머릿속에 군함의 회색과 한밤의 푸른색을 그려 넣었다. 그리고 무슨 일이 일어날지 기다렸다. 향미가 떠오르기를 기다렸다.

떠오르지 않았다. 일 년이 다 되도록 그곳은 텅 비어 있었다. 그러다 굴드의 연주를 들었다. 그의 연주는 매일 들어왔지만 그날은 특별했다. 그의 연주에서 군함의 회색과 한밤의 푸른색이

또렷이 보였다. 평소보다 연주에 더 귀를 기울였다. 빗방울이 떨어졌다. 건반 위에 톡톡 떨어졌다. 스스로의 힘으로 강약을 조절하며 정확히 도와 솔, #파에 떨어졌다. 속도가 빨라졌다. 소리가 쏟아졌다. 음표 하나하나에, 건반 하나하나에 정확하면서도 격정적으로 쏟아졌다. 텅 비어 있던 장소에서 비 냄새가 감돌기 시작했다. 그곳은 밤이 아니라 새벽이었다. 지난 밤 굴드가 내리친 폭풍으로 한층 시원해진 새벽이었다. 풀 냄새가 진동했다. 흩어진 낙과에서 설익은 시트러스 향이 났다. 맨발로 수풀 사이를 걷는데 여름의 숲이 떠올랐다.

여름에숲, 이라 이름 지었다. 적합한 소재를 찾아 나섰다. 다른 소재는 모두 찾았는데 정작 핵심 소재를 찾지 못했다. 푸른 새벽의 일부이면서 설익은 시트러스 향을 표현해 줄 소재였다. 국내에도 없었고 국외에도 없었다. 쓰려면 원물을 구매해 직접 가공해야 했다. 비용 압박이 컸다. 포기할까 싶었다. 그러다 소재를 구하지 못한다면, 직접 가공하지 못한다면, 향미 자체를 만들어보면 어떨까 싶었다. 특정한 소재에 의존하면 늘 불안을 안고 살아야 한다. 소재는 갑자기 생산이 중단되기도 하고 가격이 천정부지로 오르기도 한다. 그때마다 소재를 구하지 못해서, 가격이 높아서 차를 단종시킬 수는 없는 노릇이다.

전혀 엉뚱한 두 소재를 혼합해 봤다. 첫 번째 시도였다. 결과가 안 좋으면 두 번, 세 번, 될 때까지 해볼 참이었다. 비슷한 향미가 나올 줄 예상은 했지만, 첫 번째 시도에서 원래 쓰려던 소재보다 더 나은 향미가 나올 줄은 예상하지 못했다. 작업에 끝이 보였다. 정량만 구하면 됐다. 그렇게 한 달을 더 작업하고 여름에숲을 완성했다. 일 년 만이었다.

겨울을 나려면 미리미리 준비해야 하는 일들이
있다. 흔히 월동 준비라 부르는 일들. 그것은 귀
찮은 일이기도 한데, 나는 흔쾌히 그 일을 해내
곤 한다. 처음부터 그러진 않았다. 내게도 그 일
은 부득이한 것으로 길고 혹독한 겨울을 나기 위
한 노동에 불과했다.

　그런데 그 일이 반복될수록 나는 어떤 의례를
행하고 있다는 생각이 든다. 나는 겨울에 순종한
다. 봄과 여름, 가을은 충분히 시끄러웠다. 봄이면
어김없이 거창한 계획을 세웠고 실패하는 데 나머
지 계절을 탕진했다. 그러니 겨울엔 눈을 밟더라도
살금살금 밟아야 한다. 되도록 자신은 잊고 자연의
일을 헤아려보는 것이다. 나는 겨울의 시종처럼 겨
울을 맞이한다. 허리를 굽히고 문틈이나 창틈에 문
풍지를 바른다. 담요와 스웨터를 빛과 바람에 말린
다. 금실로 짠 카펫을 깔고 왕의 로브인 벨벳 커튼
을 단다. 털모자, 털목도리, 발토시, 장갑과 같은

방한용품들은 광에 쌓인 마른 장작만큼이나 든든하다. 올겨울엔 노란 방울이 달린 털모자를 장만하리라 다짐한다. 그것이 시종의 품위를 높여 줄 것이다.

겨울 음악도 준비한다. 겨울엔 삶을 예찬하고 신의 은총에 감사하는 크리스마스 캐럴과 같은 노래들이 제격이다. 못 견디게 추우니 그렇다. 제니스 이언Janis Ian의 노래들을 유튜브 재생목록 상단에 저장해 둔다. 궁상맞고 서글프기 짝이 없는 노래들이다. 겨울의 참맛이 느껴지는 노래들. 크리스마스 캐럴은 내게 얼마나 기만적이었던가. 나의 겨울은 언제나 혹독했다. 내 친구들의 겨울도 다르지 않았다. 보일러가 고장 났다. 수도관이 파열됐다. 연인과는 헤어졌고, 그런 겨울이면 어김없이 백만 년 만의 기록적인 한파가 불어닥쳤다.

어떤 차가 좋을지 생각했다. 나라면 어떤 차가 마시고 싶을지 생각했다. 부드럽고 고소한 보이숙차를 맨 먼저 작업대에 올렸다. 그것의 부족한 힘과 향기는 산지가 다른 보이숙차로 보강했다. 원기회복에 도움이 될 계피가 추가됐고 고소한 맛을 배가시킬 카카오도 가미했다. 좀 더 자극적으로 만들 수도 있었지만, 이 차는 겨울에 관한 것이고 긴 밤과 같은 향미이길 바랬다. 완성된 찻잎을 넣고 약불에 서서히 끓였다. 우유를 붓고 뭉근히 한 번 더 끓였다. 따뜻하게 데워진 머그잔에 끓인 차를 담았다. 램프를 켰다. 어젯 밤 읽다 만 소설책을 펼쳤다.

"무니 부인은 푸줏간 딸이었다. 그녀는 일을 혼자서 해치우는 데 선수였다. 야무진 여자. 그녀는 아버지가 거느리던 작업 주임 과 결혼해서 스프링 가든스 근처에다 푸줏간을 냈다."

포도 농장에서 일하는 사내가 고통스러운 표정으로
마르셀라의 귀에 대고 속삭였다.
그는 죽기 전에 자신만의 비밀을 털어놓은 것이다.
"포도는," 그는 간신히 자신의 말을 잇고 있었다.
"포도주로 만들어졌단다."

— 에두아르도 갈레아노

에 필 로 그

이 글 대개는 커피의 힘으로 쓰였다. 쓰는 글이 쓰려던 글과 일치하지 않을 때, 일치하기는커녕 비스무리하지도 않을 때, 비스무리하긴커녕 아무 말 대잔치를 늘어놓고 있을 때, 그래서 벽에 이마를 찧고 싶을 때, 그냥 꺼져버리고 싶을 때, 의자를 박차고 일어나 다시는, 다시는 책상 앞으로 돌아오고 싶지 않을 때, 커피는 유용했다. 그런데 그 모든 푸닥거리가 끝나고 풀 죽어 있을 때, 헛소리는 그만하고 순순히 아는 그대로를 기술하려 할 때, 나는 커피를 탈 때보다 눈에 띄게 천천히 움직이면서 차를 우리곤 했다. 그때 쓴 몇몇 문장들이, 고쳐 쓴 몇몇 단락들이 내가 정말 쓰려고 했던 글들이다. 벤야민은 모든 결정타는 왼손으로 이루어진다고 했다. 왼손을 쓰는 데 차의 도움이 컸다.

참고문헌

가스 클락, 《현대 도예의 탄생》, 김수진 옮김, 현실문화, 2012

그레이슨 페리, 《미술관에 가면 머리가 하얘지는 사람들을 위한 동시대 미술 안내서》, 정지인 옮김, 원더박스, 2019

데이비드 호크니·마틴 게이퍼드, 《그림의 역사》, 민윤정 옮김, 미진사, 2016

롤랑 바르트, 《롤랑 바르트, 마지막 강의》, 변광배 옮김, 민음사, 2015

롤랑 바르트, 《문학은 어디로 가고 있는가》, 유기환 옮김, 강, 1998

롤랑 바르트, 《밝은 방》, 김웅권 옮김, 동문선, 2006

리처드 세넷, 《장인》, 김홍식 옮김, 21세기북스, 2013

메리 올리버, 《완벽한 날들》, 민승남 옮김, 마음산책, 2017

미르치아 엘리아데, 《대장장이와 연금술사》, 이재실 옮김, 문학동네, 2003

박병래, 《백자에의 향수》, 심설당, 1980

발터 벤야민, 《베를린 연대기》, 윤미애 옮김, 2012

발터 벤야민, 《일방통행로》, 김영옥 외 옮김, 도서출판 길, 2007

쓰지 노부오, 《일본미술 이해의 길잡이》, 이원혜 옮김, 시공사, 2000

아서 단토, 《무엇이 예술인가》, 김한영 옮김, 은행나무, 2019

야나기 무네요시, 《조선과 예술》, 박재삼 옮김, 범우사, 1997

에두아르도 갈레아노, 《포옹의 책》, 유왕무 옮김, 예림기획, 2007

윌리엄 셰익스피어, 《맥베스》, 김강 옮김, 펭귄북스, 2014

이태준, 《무서록》, 범우사, 2011

장 그르니에, 《지중해의 영감》, 김화영 옮김, 이른비, 2018

제리 살츠, 《예술가가 되는 법》, 조미라 옮김, 처음북스, 2020

제임스 조이스, 《더블린 사람들》, 성은애 옮김, 창비, 2019

조 말론, 《My Story》, Simon&Schuster UK, 2019

토마스 드 퀸시, 《어느 영국인 아편쟁이의 고백》, 김석희 옮김, 시공사, 2010

파블로 네루다, 《네루다 시선》, 정현종 옮김, 민음사, 2007

파블로 네루다, 《질문의 책》, 정현종 옮김, 문학동네, 2013

파트리크 쥐스킨트, 《향수》, 강명순 옮김, 열린책들, 2006

호르헤 루이스 보르헤스, 《보르헤스의 말》, 서창렬 옮김, 마음산책, 2015

고유한 순간들

초판 1쇄 발행 2021년 11월 1일

글쓴이 김인
펴낸이 소묘
디자인 소요 이경란

펴낸곳 오후의 소묘
출판신고 2018년 8월 30일 제 25100-2018-000056호
sewmew.co.kr@gmail.com

© 김인 2021

ISBN 979-11-91744-03-3 04810
     979-11-91744-02-6 (세트)

* 객원 에디터로 함께해 주신 분들께 감사드립니다.
   강민희 강하나 김다은 김유영 김호수 남궁훈
   문지영 박지행 서진아 여정민 우아민 윤민지
   원숙영 이민주 이서연 이.정혜 임은미 임지영
   정미진 홍민정 홍은주 황지혜

* 이 책의 일부 또는 전부를 이용하려면
   반드시 저작권자와 오후의 소묘의 동의를 얻어야 합니다.
* 파본은 구입처에서 교환해 드립니다.

ði: inspiration
작가노트 시리즈

....

자기만의 일을 꾸려가며 우리에게 영감을 주는 사람들,
그들의 작업노트를 들여다본다